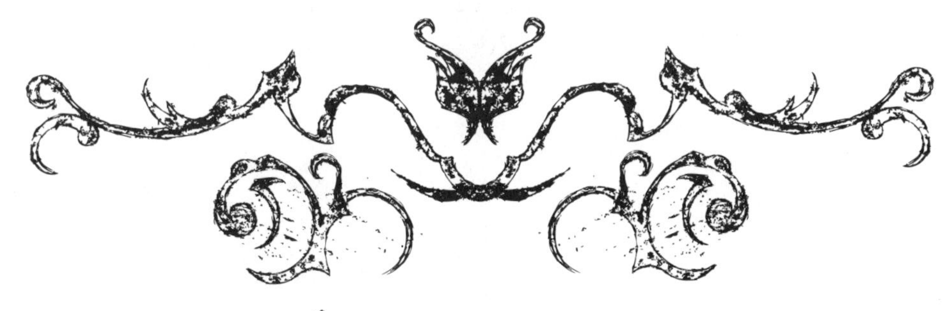

OS PRÍNCIPES DA TERRA DO NUNCA

NIKKI ST. CROWE

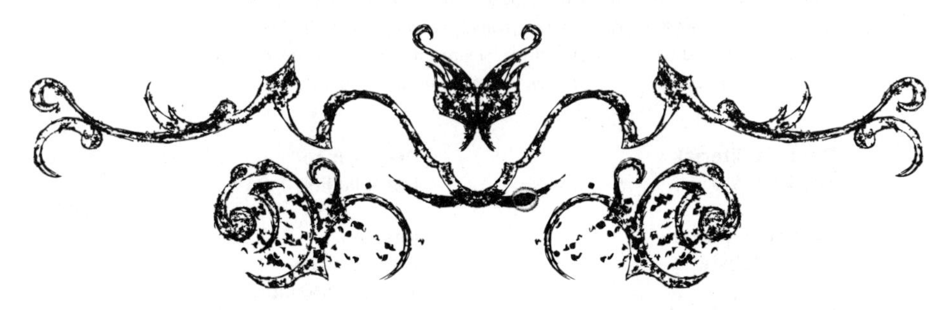

OS PRÍNCIPES DA TERRA DO NUNCA

VICIOUS LOST BOYS – 4

São Paulo
2025

Grupo Editorial
UNIVERSO DOS LIVROS

Diretor editorial
Luis Matos

Gerente editorial
Marcia Batista

Produção editorial
Letícia Nakamura
Raquel F. Abranches

Tradução
Nilce Xavier

Preparação
Nathalia Ferrarezi

Revisão
Alline Salles
Tássia Carvalho

Arte e Capa
Renato Klisman

Dados Internacionais de Catalogação na Publicação (CIP)
Angélica Ilacqua CRB-8/7057

C958p

Crowe, Nikki St.
Os príncipes da Terra do Nunca / Nikki St. Crowe ; tradução de Nilce Xavier. -- São Paulo : Universo dos Livros, 2024.
256 p. (Série Vicious Lost Boys ; vol 4)

ISBN 978-65-5609-810-4
Título original: The fae princes

1. Ficção norte-americana 2. Literatura erótica
I. Título II. Xavier, Nilce III. Série

24-1860 CDD 813

Universo dos Livros Editora Ltda.
Avenida Ordem e Progresso, 157 — 8º andar — Conj. 803
CEP 01141-030 — Barra Funda — São Paulo/SP
Telefone: (11) 3392-3336
www.universodoslivros.com.br
e-mail: editor@universodoslivros.com.br

Para todas as garotas
que conhecem o som
de um grito silencioso.

ANTES DE COMEÇAR A LER

Os príncipes da Terra do Nunca é uma versão reimaginada de *Peter Pan* na qual todos os personagens foram envelhecidos para ter dezoito anos ou mais. Este não é um livro infantil e os personagens não são crianças.

Certos conteúdos deste livro podem funcionar como gatilhos para alguns leitores. Se quiser ficar inteiramente a par da sinalização de conteúdos em minhas obras, por favor acesse meu website: <https://www.nikkstcrowe.com/content-warnings>

"Apesar de Peter não ser como os outros meninos,
ele estava com medo. Um calafrio passou por seu corpo,
como o tremor que o vento produz na água do mar. No entanto,
no mar, uma ondulação segue outra, infinitamente."

J. M. BARRIE, *PETER PAN*

PRÓLOGO

A MÃE

A Mãe está descalça, a criança chora em seus braços. É um menino problemático, inquieto e difícil de agradar. Malicioso também. Isso ela sabe mesmo sem conhecê-lo há muito tempo. Ele tem apenas duas semanas de vida, mas já é o bastante.

Ela soube que ele seria um problema no momento em que deu à luz.

De todos os seus filhos, o nascimento dele foi o mais difícil. O trabalho de parto foi intenso, longo e doloroso.

Agora, ela sente o atrito da areia fria sob os pés ao caminhar até a beira d'água. A noite está límpida e quente, as estrelas, brilhantes, e a mulher vira o rosto para o universo, sorrindo para todas elas.

Então o bebê chora.

Ainda não tem nem voz, mas já reclama, e a plenos pulmões.

Preste atenção em mim, dizem seus gritos. *Pois eu sou o mais importante.*

Malicioso e arrogante.

Se ficar com ele e lhe der um lugar entre os outros filhos, ele destruirá a todos.

Sabe disso com a mesma certeza com que conhece a natureza do menino, e não há mais nada a ser feito.

É ele ou são eles.

É o único jeito.

E, mesmo assim, sente um aperto no peito.

Abandonar um filho para salvar os outros. Talvez, um dia, ele aprenda a não ser tão volátil, mas não pode permitir que aprenda com ela.

Pousa a imensa folha que colheu na floresta sobre a superfície da água, improvisando uma jangada. Ouviu dizer que as águas da lagoa têm propriedades curativas e, quem sabe, possam curar a tendência problemática do garoto.

É o mínimo que pode fazer. A única chance que pode lhe dar.

Ela deita o bebê. A folha afunda, espirrando água ao redor, e ele chora mais alto, tremendo.

— Sinto muito — a Mãe lhe diz, empurrando-o, e a água o leva embora.

1

PETER PAN

Devo estar sonhando acordado. Se bem que está mais para pesadelo que para sonho.

Quando dormia em minha tumba, às vezes acordava na mais completa e muda escuridão, perguntando-me se ainda estava preso no reino do sono. Acho que é isso que está acontecendo agora, só que uma luz dourada ilumina o escuro.

É a única resposta sensata.

Tinker Bell está morta. Eu a matei.

Não tem como ela estar na minha varanda, chamando-me pelo nome.

Olá, Peter Pan.

Uma eternidade passa dentro de um instante.

Tinker Bell bate as asas atrás de si. Tem a mesma aparência de quando a matei. Imortal e sem idade, mais bela do que qualquer cadáver tem o direito de ser.

Está com o mesmo vestido que usava naquela noite, quando disse a ela as palavras impronunciáveis. O vestido parecia feito de folhas, com um decote reto e a barra de pontas irregulares na altura dos joelhos. O pó de fada cobre o parapeito da varanda, flutuando ao seu redor e fazendo-a cintilar à luz cinzenta.

— Tink.

Faz tanto tempo que não falo o seu nome... As sílabas parecem uma maldição em meus lábios.

— Tinker Bell.

Ela sorri para mim e perco o ar.

— É tão bom te ver — ela me diz.

— Como veio parar aqui?

Ela levanta uma pontinha do vestido e se inclina em uma recatada mesura, batendo os cílios para mim.

— Sentiu minha falta, Peter?

Meu estômago revira.

Não posso fazer isso.

Ela não pode estar aqui.

Darling não pode vê-la, os gêmeos não podem saber que ela está viva e Vane... bem, sei exatamente o que Vane diria.

Livre-se dela.

— Como veio parar aqui, Tink? — pergunto novamente.

Preciso saber que tipo de magia a trouxe de volta, se é a ilha me punindo novamente. Se é Tilly tirando uma comigo. Será que é obra de Roc? Será que a capacidade dele de enganar chegaria a tanto?

O pânico incendeia minha garganta.

Preciso me livrar dela.

— A ilha me trouxe de volta — ela responde e dá um passo em minha direção. Recuo e ela faz um biquinho.

Houve um tempo em que teria cedido a Tink. Eu lhe dei tudo o que ela queria, pois era a única amiga que eu tinha, e eu sentia pavor de não ter nenhum amigo.

— Acho que devo ser um presente para você, meus filhos e a corte — diz ela, agitando as asas e lançando um redemoinho de pó de fada ao meu redor. — Um raio de luz para a sua escuridão.

O suor frio escorre pelo meu pescoço.

Os sussurros dos espíritos na lagoa ecoam em minha mente.

Na escuridão mergulhado, da luz apavorado.

Mas isso? Só pode ser uma piada de mau gosto.

Tink pode até ser brilhante, mas sempre personificou a escuridão. Acho que é por isso que nos demos tão bem. Vimos um no outro algo que raramente víamos nos demais. A disposição para fazer o trabalho sujo. E às vezes fazíamos o trabalho sujo só porque era divertido.

Que lição os espíritos estão tentando me ensinar agora?

De quantos obstáculos ainda tenho que desviar?

Quando tudo isso vai acabar?

Livre-se dela.

Posso ouvir a voz de Vane no fundo da minha mente. Um fim que justifica os meios. Seja lá o que isso for, só vai criar mais problemas, e estou cansado de problemas. Quero silêncio pelo menos uma vez. Quero respirar. Quero desfrutar de minha sombra. Quero a Darling em meus braços. Quero...

Quero ficar em paz.

Tal pensamento me pega desprevenido. E é tão inesperado que sinto uma ardência nos seios da face, provavelmente lágrimas.

Só quero ficar na minha e não ter mais que me preocupar.

Tenho minha sombra de volta. Preciso continuar na mesma ladainha de sempre?

Não! Pra mim já deu, porra.

Um último ato sombrio em nome da paz valerá a pena e mostrará aos espíritos que não podem mais me fazer de marionete, quaisquer que sejam seus joguinhos.

Respiro fundo e falo as palavras que jurei que nunca mais diria:

— Eu não acredito em fadas.

As palavras praticamente queimam em minha língua, mais que na primeira vez que as pronunciei e vi Tink morrer bem diante dos meus olhos.

Exceto que... desta vez, ela sorri para mim, inclina a cabeça para trás e ri.

2

ROC

Smee me encontra no bar, servindo-me de uma dose do melhor rum do capitão. À medida que o licor escuro enche o copo, preenche o ar com o perfume de especiarias e fumaça.

— Olha só quem acordou — ela me diz.

— Olha só quem parece extasiada em me ver. — Encontro os olhos dela no reflexo do espelho atrás do balcão. Ainda há sangue seco no meu rosto e na minha camisa esfarrapada. O capitão não se preocupou em me dar roupas limpas.

E tenho um sólido palpite sobre o motivo de ele me largar jogado na bagunça que eu mesmo fiz.

— Você contou a ele, não contou? — pergunto a Smee. — E ele partiu para a Terra do Sempre.

Uma vantagem da besta é que, depois que ela se empanturra, eu fico com a intuição afiada, meus sentidos especialmente aguçados. E não sinto a presença do capitão agora. Quando o procuro em minha esfera de percepção, não percebo nada além de um vazio.

Smee não responde, então eu a incito um pouco mais.

— Ele foi embora e não te levou? — censuro.

Ela cruza os braços à frente do peito. A luz do sol se infiltra pelas janelas de vidro, cercando-a com uma luz dourada. Não sei que horas são — não há relógios na casa de Gancho, e acho que perdi meu relógio de bolso. Mas deve ser pouco mais de nove da manhã. Quando foi a última vez que me alimentei? Quanto tempo fiquei desmaiado? Para alguém da minha espécie, um banquete típico pode deixar um sujeito inconsciente por dias. Mas este não foi um banquete típico e eu não sou um homem comum.

— Sim, contei para Jas — admite Smee. — Ele foi atrás dela e eu escolhi ficar.

Ela e eu sabemos que há muito mais nessa história, mas a verdade é que não dou a mínima para qualquer rusga besta entre os dois. Só preciso saber como isso me afeta. E há apenas uma parte dessa sentença que tem alguma relação com o meu futuro.

Ele foi atrás dela.

Wendy Darling.

Se Gancho a encontrar primeiro, arrancarei a carne de seus ossos.

Viro o copo e engulo a bebida. O ardor do álcool ajuda a manter a centelha de fúria sob controle. O capitão se foi e agora preciso de um plano. Não posso perder a cabeça como um amador estúpido.

— Faz quanto tempo? — pergunto a Smee.

Ela vira o quadril, os braços ainda cruzados.

— Diga-me o que faria com ele se o encontrasse.

— Que diferença fará se eu te contar a verdade ou uma mentira? Não creio que você acreditaria em nenhuma das duas.

— Eu saberei.

— Está bem. — Sirvo-me de outra dose e viro para encará-la. — A verdade é que ainda não tenho certeza. As circunstâncias podem mudar a resposta. Mas, provavelmente, vou esfaqueá-lo só por diversão.

A expressão de Smee não muda por vários segundos. Eu amo a capacidade dessa mulher de não demonstrar emoções. Nunca usei a palavra *pétrea* para descrever uma fêmea, mas Smee poderia muito bem ser uma estátua de mármore caso se esforçasse só mais um pouquinho.

Após um instante, ela se aproxima e retira o copo da minha mão, colocando-o no bar, mesmo que eu mal tenha me satisfeito.

— Quer saber o que penso de você? — ela me pergunta.

— Não particularmente.

— Acho que você não dá a mínima para a maioria das coisas.

Olho para ela, tentando avaliar seu ângulo. Pressinto um sentimento de pena... e não gosto de pena.

— Acho que você não se importa porque pensa que isso te mantém seguro. Se não se importa com nada, não tem nada a perder. — Sinto um desconforto em minha coluna e mudo de posição novamente. Ela continua: — Mas quer saber? Não ligar para nada significa que, quando você, de fato, se importar com algo, perdê-lo terá um custo muito maior.

O desconforto aumenta até que o sinto em meu peito. O instinto está querendo me levar para longe de seu alcance, mas não mostrarei fraqueza a uma pirata como Smee.

— Portanto, vá em frente. Ameace a vida de Jas à pessoa que quase matou a única coisa com que você *realmente* se importa.

Nós nos encaramos por longos segundos. A casa está em silêncio, assim como nós, mas nosso silêncio diz muitas coisas.

— Gosto de você, Smee. Mas ameace meu irmão novamente e será a última vez. Não sou artista, mas sou um especialista em violência e vou pintar uma obra-prima com o seu sangue. — Sorrio e pego o copo de novo, esvaziando a bebida em minha boca, mantendo o olhar nela o tempo inteiro.

Bato o copo ao balcão com um barulho alto. O olho direito de Smee estremece, mas é a única reação que ela tem.

— Faça um favor a nós dois e deixe Vane fora disso.

— Faça um favor a nós dois e não esfaqueie Jas.

— Não sei por que você se importa. Ele te abandonou.

— Não sei por que você se importa com uma Darling que não vê há anos e anos e anos.

O aperto em meu peito fica mais forte, oprimindo meu coração.

— Porque sou um filho da puta possessivo — digo a ela. — Eu nem preciso gostar da coisa. Ou da garota, nesse caso. O que é meu é meu e, uma vez que é meu, não pode ser de mais ninguém.

— É quase triste essa história que você está contando a si mesmo — diz ela. — E tenho pena de Wendy Darling por isso.

Nuvens escuras aparecem, bloqueando o sol. O ar fica gelado. Algo estranho para a Terra do Nunca.

Smee observa a mudança no tempo e, então, rapidamente, fala para mim:

— Hora de você partir, Crocodilo. Divirta-se em sua missão de destruir tudo o que toca. Quando terminar, suspeito que estará pisando em nada além de uma pilha de ossos e cinzas. Espero que valha a pena.

Ela me indica a porta com a cabeça, deixando clara a minha dispensa.

— Você sabe onde ela está? — Mantenho a voz neutra, não revelando nada.

— Para você poder destruí-la também?

Respiro fundo, as narinas dilatadas.

— Você quer uma descrição tintim por tintim? Quer saber onde vou enfiar meu pau, como vou fazê-la gritar meu nome? Destruir algo pode ser muito bom, Smee. Isso eu te garanto.

— Você é uma alma perdida.

— E não somos todos nesta cadeia de ilhas esquecidas por Deus? — Devo estar um pouco bêbado agora. Às vezes, depois de me empanturrar, meu interior não funciona da mesma maneira. A bebida pode subir direto à minha cabeça.

Normalmente, não sou tão pessimista.

Smee suspira.

— Perdi o rastro de Wendy Darling há muito tempo. Jas não tem informações a mais que você. — Ela vai até a porta e a abre. Há sujeira incrustada no batente de madeira, a maçaneta da porta foi removida da fechadura dourada. Por que o capitão deixaria assim quando sempre foi tão enjoado com as aparências?

Porque ele nunca entrou ou saiu por esta porta, eu me dou conta. Esta porta era para os piratas, os degenerados. *Bem jogado, Smee.*

Mas se há algo que eu sei é como ser o que alguém quiser que eu seja por tempo o suficiente para a pessoa baixar a guarda.

E então eu a devoro.

— Adeus, Smee.

Sua despedida é a forte batida da porta na minha cara.

Começo a descer pelo caminho.

Hora do plano B.

3

WINNIE

Acordo congelando. Desde que cheguei, a Terra do Nunca tem sido um lugar quente e tropical. Nunca fez frio assim.

Posso sentir o calor dos meninos ao meu redor. A linha sólida do corpo de Vane em minhas costas, seu braço em minha cintura. Bash à minha frente, minhas pernas emaranhadas nas dele. Kas do outro lado da cama, abraçando meu tornozelo.

E ainda assim... *arrepios*.

Abro os olhos para a luz da manhã, os primeiros raios de sol se espalhando pelas janelas do meu quarto.

Só que a luz está diluída, mais cinzenta que alaranjada.

E... aquilo ali é neve caindo?

Eu me ergo apoiando-me nos cotovelos. Vane resmunga. Bash estende a mão para mim.

— Muito cedo, Darling — ele murmura. — Volte para a cama.

— Já nevou alguma vez na Terra do Nunca? — pergunto.

Flocos grossos rodopiam no ar e, quando o vento muda, espalham-se pelo quarto graças à janela aberta, derretendo em minúsculas poças no chão.

Bash franze as sobrancelhas escuras.

— Nunca.

— Bem, está nevando. Agora mesmo.

Ele abre os olhos. Sua carranca se aprofunda quando olha para mim, o sono desaparecendo de seu semblante. Então se levanta e verifica a janela.

— Mas que porra...?

— O que está acontecendo? — Kas pergunta, com a voz embargada de sono.

Sinto um aperto no peito. Demoro um segundo para reconhecer o velho sentimento de pavor. Cresci dominada por ele assombrando como um fantasma, esgueirando-se pelas paredes vazias, escondendo-se nos cantos escuros. O pânico se instala antes que eu possa analisar de onde tudo isso vem, por que está aqui.

Sou uma criancinha de novo, escondendo-me do bicho-papão, com medo do que o futuro trará, com medo de enlouquecer.

Minha respiração acelera.

Vane se senta atrás de mim e pressiona o calor de seu peito em minhas costas.

— Está tudo bem, Win.

Sua voz é sombria e pesada em meu ouvido, e meu estômago revira.

Agora que Vane e eu compartilhamos a Sombra da Morte da Terra do Nunca, não há como me esconder dele. Ele sabe tudo o que sinto. Tudo o que temo.

Não sei por que saber disso faz meus olhos arderem em lágrimas.

Não era eu que ansiava por amor? Ansiava ser protegida e cuidada?

Então, por que me sinto tão vulnerável? Por que saber que ele conhece minhas fraquezas mais íntimas me irrita como uma peça de lã pinicando a pele?

— Tem algo errado — digo a ele.

Kas sai da cama e vai até a janela. Sua respiração se condensa no ar.

O pavor cresce.

— Onde está Peter Pan? — pergunto.

Olhamos ao redor do quarto, finalmente percebendo sua ausência. Será que ele correu de volta para sua tumba? Será que nós quatro éramos demais para ele? *Eu* sou demais para ele?

Desço pela beirada da cama e me junto a Kas na janela. Seus cabelos estão soltos, cascateando pelos ombros, e o vento sopra uma mecha, balançando-a entre nós como uma cortina escura de seda. Faz cócegas em meu ombro nu.

Lá fora, a Terra do Nunca está coberta por um manto de neve fina e, para além da casa, as ondas quebram na costa da praia cinzenta.

O pavor se envolve em minhas entranhas como uma cobra.

— Você já viu a Terra do Nunca assim? — pergunto a Kas.

Ele contempla o horizonte com um olhar estreito, a testa franzida.

— Nunca — admite.

— O que isso significa?

Então, ouço o som distante de uma luta. E, lá na floresta, avisto um brilho dourado de luz.

Eu sei que é Pan.

Estou só de regata e calcinha, então pego a primeira peça de roupa que consigo encontrar — um short. Bash já saiu do quarto e eu o sigo pelo loft, passando pela varanda e descendo as escadas.

As gaivotas gritam ao longe, e as ondas rugem na praia.

O terror martela em meu peito.

Algo está errado.

Algo está errado.

Este pavor não é meu.

Percebo isso agora, enquanto atravesso o quintal, sentindo a neve em meus pés descalços, entorpecendo meus dedos dos pés.

O pavor é de Peter Pan e, não sei como, mas posso senti-lo pulsando nas raízes da Terra do Nunca.

Algo está muito, *muito* errado.

E, quando Bash e eu chegamos a uma clareira na floresta, descobrimos que Peter Pan não está sozinho.

— Puta merda! — Bash perde o fôlego.

Há uma mulher com uma lâmina preta brilhante na garganta dele. Ela o encurralou contra o tronco grosso de um carvalho. O sangue sai de uma ferida na pele dele e escorre por seu peito nu.

— Quem é ela? — pergunto a Bash. — O que você quer? — pergunto a ela.

Então, a mulher se vira para mim, abrindo os lábios carnudos em um amplo sorriso.

E eu sei imediatamente, porque a vi em uma visão, aquela em que ela matou minha ancestral, a Darling original.

— Tinker Bell.

Ela se afasta de Pan e, com um movimento do punho, a adaga desaparece.

— Que prazer conhecê-la, Winnie Darling.

Suas asas batem, levantando-a do chão da floresta. Ela se mantém apenas alguns metros no ar enquanto a poeira dourada gira ao seu redor, afastando o cinza sombrio da manhã.

— Isso não pode ser real — balbucia Bash.

— Meu lindo menino.

Tinker Bell voa até ele. Bash cambaleia para trás.

— Não chegue perto de mim.

Ela faz beicinho.

— Isso é jeito de cumprimentar sua mãe depois de tantos anos?

— Não tem como, porra. — Bash se empertiga. — Isso só pode ser uma piada de merda. Tilly, é você quem está fazendo isso? — Ele examina ao redor da floresta. — Já chega, irmã. Isso não é engraçado!

Tinker Bell pousa no chão e suas asas param. Ela dá um passo em direção a Bash, mas entro na frente dela.

— Você o ouviu — eu lhe digo.

Ela é alguns centímetros mais alta que eu, mas tenho metade da Sombra da Terra do Nunca e nem a pau vou recuar.

— Ora, ora, menina Darling. — Ela estende as mãos para mostrar sua inocência. — Só estou com saudade do meu filho. Será que uma mãe não tem o direito de abraçá-lo depois de passar meia eternidade nas trevas? — Ela lança um olhar torto a Peter Pan, que contrai a mandíbula.

Passos ecoam na trilha, e, um segundo depois, Vane e Kas se juntam a nós.

— O que... — Kas começa.

— Eu sei — Bash o interrompe.

Eles começam a falar em sua língua fae, os sinos tocando erraticamente entre nós.

— Prometo que sou real — responde Tink. — Carne e osso. — Ela estende a mão. — Vamos. Ensinei vocês dois a identificarem uma ilusão. Façam o teste comigo.

Kas passa por mim, e meu estômago se contorce.

Não gosto nada disso.

Kas estende a mão e toca o rosto dela. Tinker se derrete sobre a palma grande do filho, e minha raiva suplanta o medo.

Já sei que ela está brincando com ele, fingindo transbordar amor materno.

Kas puxa a mão para trás, como se tivesse sido queimado.

— Viu? — As asas de Tinker Bell brilham ainda mais na luz cinza.

Kas esfrega os dedos como se não conseguisse acreditar, como se estivesse procurando um truque.

— Como é possível? — Bash pergunta.

— A Terra do Nunca sempre foi um lugar de magia e impossibilidade, não é mesmo, Peter Pan? — Tinker Bell se vira para ele, que ainda está encostado no carvalho, com sangue escorrendo pelo peito. Ele parece atordoado. Mais do que eu gostaria de admitir.

— Você foi o primeiro pedaço de magia e impossibilidade — ela continua. — Não foi, Peter Pan? Escutei muitas histórias curiosas sobre mitos e homens, e homens que pensam que são mitos nesse tempo todo que passei lá embaixo com os espíritos da lagoa.

Pan fica rígido.

— Já basta. — Vane adentra a clareira. — O que você quer? Fale logo e então dê o fora.

Tink inclina a cabeça ao encarar Vane, e a cadela territorialista que habita dentro de mim quase derruba as árvores.

— Eu conheço você — ela diz. — O Sombrio. Os espíritos da lagoa te adoram.

Ela se aproxima e estende a mão como se fosse passar um dedo por seu peito, mas Vane agarra a mão da fada antes que ela faça contato.

— Cuidado — ele avisa.

— Ou o quê? — ela pergunta.

— Ou vou te mandar de volta para o fundo da lagoa. Sem perguntas.

— Você pode até tentar. — Ela gira nos calcanhares, abrindo e fechando as asas. — O Peter Pan aqui já falou as palavras indizíveis. — Tink estala a língua. — Eu não quero brigar — ela acrescenta. — Vim para fazer as pazes. E um convite. — Ela abre os braços e fala mais alto. — Venham ao palácio das fadas para um banquete celebratório da minha ressurreição. Todos nós podemos ser amigos.

— Não somos estúpidos — diz Bash.

— Claro que não. Vocês são meus filhos e quero que voltem para casa, para o lugar ao qual pertencem.

Kas está ao lado do irmão gêmeo.

— O palácio fae não é mais a nossa casa.

— Eu posso mudar isso. — Tink começa a percorrer o caminho mais próximo. — Pedi à sua irmã que revogue o banimento e lhe devolvam as asas. É o mínimo que podemos fazer para mostrar a nossa boa vontade.

Tinker Bell para no meio do caminho e olha para nós, por cima do ombro.

— Vamos unir a Terra do Nunca e acabar com as lutas. Isso é tudo o que eu quero agora. Voltem para casa, meus filhos queridos. O palácio está pronto para recebê-los de braços abertos.

Com as asas brilhando na luz turva e nevada do dia, Tinker Bell alça voo, desaparecendo ao redor da próxima curva em uma nuvem de pó de fada.

Meus olhos ardem ao observá-la partir; ao meu lado, meu irmão gêmeo permanece tão imóvel quanto eu.

Parece que não conseguimos desviar o olhar.

É real? Kas pergunta.

Se não for, é a melhor ilusão que já vi.

Será que nossa querida irmã se rebaixaria tanto, a ponto de tentar nos enganar com uma miragem de nossa própria mãe?

Meu coração está acelerado, minhas mãos tremendo. Não consigo ignorar o peso que sinto no peito me impulsionando a tomar *alguma atitude*. Mas qual? Que porra fazemos com isso?

Se ela for real, como? Como está de volta?

Não sei se estou chateado, triste, amargurado, admirado ou tudo isso ao mesmo tempo. Talvez minhas emoções sejam como uma tigela de sopa de Nani, todas as sobras de legumes do final da colheita. Picados, macerados, mexidos e remexidos.

Nani odiava nossa mãe. Naquela época, eu achava que a rivalidade entre mães e avós era normal. Afinal, ambas deveriam amar meu pai, e competir pelo carinho e pela atenção do rei não era algo estranho para mim.

Mas agora percebo que Nani odiava Tink porque ela era uma vadia desalmada.

Nani odiava Tinker Bell porque Tinker Bell não amava meu pai. Ela o usava.

Será que sempre foi assim? Às vezes me pergunto como era minha mãe antes de perder a cabeça por Peter Pan.

E agora...

Quando o brilho dourado de Tinker Bell desaparece ao longe, finalmente me viro e presto atenção em Pan.

Seu olhar está preso no mesmo ponto fixo, mas sua atenção está muito mais distante.

Dor visceral gravada nas linhas finas ao redor dos seus olhos.

Minha mãe pode ter odiado a maioria das pessoas e ter amado tanto quanto as pedras sangram, mas sempre houve alguém que fazia parecer que ela tinha um coração.

Uma pequena parte de mim sempre teve inveja dele por causa disso. O que Pan tinha que nós, do seu próprio sangue, não tínhamos? Kas, Tilly e eu éramos apenas mais peões que ela movia para lá e para cá.

Já Peter Pan... se nós éramos as peças do jogo dela, ele era o prêmio.

E como Tink se sente em relação a ele, agora que está viva, depois que ele a matou?

Isso é ruim.

Isso é muito ruim.

Que merda a lagoa está fazendo e por que diabos está fazendo?

Primeiro Balder e agora Tinker Bell.

Subo as escadas de volta e entro na casa, atravessando o loft. Paro no bar e pego a garrafa de uísque mais próxima. É um *blend* de maçã do mundo mortal com rótulo verde e tampa dourada. Não é dos melhores, mas servirá. Despejo dois dedos de bebida em um copo vazio e viro de um gole.

A doçura cobre minha língua primeiro, depois o fogo queima minha garganta. Quando o uísque se instala em minhas entranhas, algumas das emoções se desenrolam e finalmente consigo entendê-las.

A raiva prevalece.

Kas chega logo depois de mim.

— Serve um pra mim.

Obedeço e passo um drinque para meu irmão, que toma de uma vez e solta um suspiro, passando a mão na boca.

— Que diabos foi aquilo?

Winnie e Vane chegam na sequência, depois Peter Pan.

Parece que ele viu um fantasma. Um fantasma vivo e respirando.

Tudo está prestes a mudar.

Tudo, caralho.

— É, claramente, uma armadilha — diz Vane e gesticula para eu também lhe servir uma bebida. Já logo enfileiro vários copos no balcão e os encho de uísque, ainda um tanto desacorçoados.

— Claro que é uma armadilha — respondo e lhe passo um copo. Ele bebe metade. Seu cabelo está uma bagunça, vários fios escuros caídos sobre a testa e na frente dos olhos. Por mais que tenha perdido a Sombra da Morte da Terra Soturna e agora tenha a da Terra do Nunca, Vane ainda guarda a velha cicatriz da sombra anterior, três cortes profundos sobre o olho direito, totalmente preto.

Ainda que tenha as cicatrizes, no entanto, ele mudou. Só não tenho certeza de como. Ou o que isso significa para nós.

Agora ele compartilha com a Darling algo que o resto de nós não compartilha, e não sei dizer se isso lhe subiu à cabeça. Ele sempre foi um idiota arrogante, de qualquer maneira. Talvez eu nem perceba se ele ficar ainda mais idiota e arrogante.

A Darling está no canto da sala, de braços cruzados. Ainda não falou muito. Mas também o que há para dizer? Minha mãe matou a sua ancestral porque amava Peter Pan.

A Darling ama Peter Pan.

Eu amo a Darling, e meu irmão também a ama.

Tinker Bell tem que ir embora. Ela já deve estar articulando várias tramoias. Provavelmente está no palácio...

— Merda! — deixo escapar. — Tilly.

Kas se volta para mim, a expressão grave e sombria, de braços cruzados como a Darling. Eles dois são os mais parecidos, se eu tivesse que colocar todos nós em uma régua de medição. Gentil, suave e afetuoso em uma extremidade; brutal, vil e perverso na outra. Meu gêmeo pode ser brutal, mas prefere ser gentil se puder sair ileso.

A mãe vai manipular Tilly, digo a Kas em nossa língua.

Já faz muito tempo que estamos lutando contra nossa irmã, a rainha fae, mas acho um tanto revelador de meus verdadeiros sentimentos que a primeira coisa em que consigo pensar é salvá-la de nossa própria mãe.

Nossa irmã mais nova não é páreo para Tinker Bell. Nunca foi.

Mas será que ela viria de boa vontade ou teríamos de arrastá-la esperneando para fora do palácio?

É para o seu próprio bem, nós lhe diríamos. Será que acabaria acreditando em nós? Nós matamos o pai pelo mesmo motivo, e veja só aonde isso nos levou.

Tink disse que pediu a Tilly que revogasse nosso banimento e nos devolvesse nossas asas.

Boa vontade. Rá! Tá mais para blefe.

Kas e eu queremos nossas asas de volta.

Mais que quase tudo.

Mais que a Darling?

Eu sei o que está pensando, diz Kas.

Não, não sabe, argumento.

Nem eu sei o que estou pensando.

A tentação é uma coisa condenável.

Kas e eu somos os únicos nesta sala sem sombra e sem asas. Estamos presos no chão quando tudo o que mais queremos é voar.

— Falem em voz alta, príncipes — diz Vane, esvaziando seu copo. Quando ele o deixa de lado, seu olho preto está brilhando. — Não é hora para ficar de segredinhos.

Kas suspira e se encosta no bar.

— Queremos nossas asas de volta.

— Ela está mentindo. — Pan se aproxima do centro da sala. — Eu sempre pude ler as intenções de Tink. Mais facilmente que a maioria. E ela está mentindo. Ela não pediu as asas à sua irmã. Na verdade, aposto que nem consultou Tilly quanto a aceitá-los de volta à corte.

— Ficam balançando a cenoura na nossa frente — diz meu gêmeo. — Já estou de saco cheio disso.

— Eu sei. — Pan passa a mão pelos cabelos e começa a andar pelo loft. Seus passos são lentos, porém deliberados.

— No que está pensando? — eu lhe pergunto.

De costas para nós, ele diz:

— Nunca perguntei a vocês: onde estão suas asas? Como poderiam recuperá-las?

Kas e eu nos entreolhamos. Nani nos incutiu uma crença profundamente arraigada de que qualquer pessoa de fora do reino das fadas não tinha o direito de conhecer nossos costumes. Peter Pan, entretanto, é tão parte da Terra do Nunca quanto nós somos e, de qualquer forma, fomos banidos, então não tenho certeza de que as regras ainda se aplicam.

— De modo geral — começo —, se uma fada voadora perder suas asas como castigo por transgressão, elas são queimadas. Mas a linhagem real está isenta dessa punição, então as asas foram armazenadas no cofre em um receptáculo mágico. Não sabemos que receptáculo nossa irmã escolheu.

Afastando-se do bar, Kas continua:

— Para nos devolverem as asas, basta que nos entreguem os receptáculos. É o ato de nos presentearem com elas que irá desbloquear a magia que sela os invólucros, restaurando, assim, nossas asas.

— Quando foi a última vez que vocês estiveram nesse cofre? — Pan indaga.

— Há muitos e muitos anos — respondo.

— E quão difícil seria encontrar esses recipientes? — Ele nos encara quando chega à Árvore do Nunca. Os periquitos estão quietos esta manhã, mas as pixies estão entrando e saindo, enchendo os galhos sombreados com uma suave luz dourada.

— O cofre é bem vasto — respondo.

— E bem cheio — Kas acrescenta.

— Mas não seria impossível — pondero. — Nós saberíamos quando sentíssemos.

— O que está sugerindo? — Vane se aproxima de Pan. — Invadir o cofre do palácio das fadas e roubar as asas dos gêmeos de volta? Asas estas que estão armazenadas em algum recipiente desconhecido enquanto toda a corte fae está em cima de nós, comandada por uma rainha mesquinha e sua mãe malvada recém-ressuscitada?

Pan encara Vane por um instante e, depois, coloca um cigarro na boca, girando o volante de ignição do isqueiro e acendendo a chama. Leva o fogo até o cigarro e traga, depois fecha o isqueiro. A longa tragada que ele dá faz a brasa arder intensamente enquanto eles continuam a olhar um para o outro.

Depois de uma longa baforada, Pan diz:

— Sim.

Vane lhe dá as costas.

— Pelo amor de Deus.

— Mesmo se recuperarmos nossas asas — diz Kas —, ainda teremos de lidar com nossa mãe e Tilly.

Pan dá outra tragada e as cinzas se desprendem do cigarro, girando no ar até caírem no piso de madeira. Não consigo ler suas expressões agora. Não que ele seja fácil de ler. Só queria que, pelo menos uma vez, desse uma pista do que se passa em sua cabeça.

— Prometi que ajudaria vocês a recuperá-las e preciso manter essa promessa — diz ele. — Tink sabe que as asas são a única coisa capaz de motivar vocês, e, embora eu saiba que vocês já escolheram um lado e que esse lado é o meu, também sei o que eu faria se enfrentasse a mesma tentação.

— Está insinuando que escolheríamos nossa mãe morta-viva e nossas asas em vez de você? — Kas pergunta.

— Está insinuando que diria não às suas asas? — Pan devolve a pergunta.

Kas franze o cenho e desvia o olhar.

É mais complicado que isso, é claro, mas, no fim das contas, um fato é inegável: nós realmente queremos nossas malditas asas.

Queremos voar. Queremos nos sentir inteiros novamente.

Pan, Vane e a Darling podem sair voando céu afora enquanto Kas e eu estamos presos no chão, e isso desequilibrou a balança em nosso grupo.

Não falamos em voz alta, nenhum de nós. Mas está aí, entre nós como uma fissura rachando o chão, uma linha clara que nos separa deles.

A dinâmica do grupo está diferente, o poder está mudando. E o que isso significa para nós? Nem a pau eu esperava que a Darling fosse obter a sombra. Não que possa usar isso contra ela. Ela não pretendia obtê-la. Foi uma vítima das circunstâncias.

Mesmo assim, isso não muda os fatos.

Ouvimos passos subindo as escadas. Não são passos humanos, mas de lobo. Os estalidos das unhas de Balder batendo na madeira conforme ele se junta a nós.

No momento ideal.

Quando chega ao loft, ele não dá a mínima a nenhum de nós e vai direto até a Darling, circulando-a uma vez antes de se sentar ao lado dela, o topo da cabeça junto à sua cintura. Vou até ele.

— O que você sabe sobre a lagoa trazendo nossa mãe de volta dos mortos?

Balder olha para mim com os olhos âmbar brilhantes. A Darling enterra os dedos em seus pelos, acariciando-o, e ele se entrega ao toque dela.

— Silêncio agora, não é?

O lobo fecha os olhos.

— Não vamos obter respostas de um cachorro. — Vane se joga em uma das poltronas de couro e apoia as botas na mesa de centro. — Mas, só para esclarecer, acho que isso é uma puta de uma ideia estúpida. Se os gêmeos quiserem voar, ficarei feliz em ajudar. Chuto vocês dois da beira da Rocha Corsária e então vocês vão ver o que é voar.

— Deixe de ser cuzão — digo a ele.

Vane se empertiga todo na poltrona.

— Win, como é mesmo aquele ditado mortal? Aquele sobre ser enganado.

Ela se agacha ao lado de Balder, e ele cutuca o queixo dela com o nariz.

— Engane-me uma vez, a culpa é sua. Engane-me duas vezes, a culpa é minha.

— Esse mesmo! Quantas vezes sua irmã já te enganou?

Atravesso a sala e empurro as botas dele da mesa para poder me sentar na beirada. Apoio os cotovelos nos joelhos e me inclino em sua direção. Vane me olha feio.

— Veja bem, Sombrio, entre encher a cara e amarrar a Darling na minha cama e transar até ela gritar ou lidar com minha mãe morta-viva e minha irmã calculista? Obviamente, eu prefiro a primeira opção. Só de pensar na última, fico com dor de cabeça. Mas, era uma vez, você também teve uma irmã.

Vane inclina a cabeça, a linha de sua mandíbula endurece, os olhos se estreitam.

— Cuidado, príncipe.

— E tomou atitudes questionáveis para vingá-la.

— Exatamente, *vingá-la* — ele repete. — Ela já estava morta.

— E se não estivesse? Se estivesse viva, o que você teria feito para salvá-la? — Minha voz falha e, mesmo que eu pensasse que tinha me dissociado de sentir qualquer coisa por Tilly, meu corpo trai a verdade. Lágrimas queimam nos seios de minha face. — Você não a salvaria, mesmo que fosse de si mesma?

— Minha irmã nunca tentou me matar — ele ressalta.

— Se ela tivesse vivido o suficiente para ver o cuzão em que você se transformaria, creio que tentaria.

Vane se lança sobre mim. Rolamos sobre a borda da mesa e caímos no chão. Ele está em cima de mim e o ar fica mais escuro, girando em torno dele. O Sombrio leva o braço para trás e começa a descer o punho, mas estou um segundo à frente e invoco uma ilusão que me transforma em uma Darling. É apenas o suficiente para desconcertá-lo por uma fração de segundo, para forçá-lo a parar. Tempo suficiente para eu fisgar minha perna em volta dele e virar o jogo. Estou por cima dele e dou um soco em seu queixo.

— Parem com isso! — a Darling grita.

— Que joguinho sujo — diz Vane, interceptando meu segundo soco. Seu aperto é imediatamente esmagador, e a dor irradia pelo meu braço.

— Como se você já tivesse jogado limpo — respondo e cerro o punho esquerdo. Ele também o agarra, então bato minha testa em seu rosto. Jorra sangue de seu nariz. Com a força do golpe, meus dentes batem e o sabor acobreado cobre minha própria língua.

— Pan! — a Darling grita. — Faça alguma coisa!

— Deixe-os lutar, Darling — diz Kas. — Eles fazem isso às vezes.

— Mas não significa que está tudo bem.

Prendendo meus punhos, Vane nos rola e ganha vantagem. Ele dá um golpe no meu queixo que faz até minha espinha reverberar.

Vane recua para desferir outro golpe quando uma figura ágil o ataca, empurrando-o para longe de mim.

Sento-me ereto enquanto a escuridão invade o loft, ofuscando o céu cinzento e a luz brilhante das pixies.

— Parem! — diz a Darling, um eco estranho em sua voz. Ela está montada em Vane, mantendo-o de costas no chão. — Ou vou usar vocês dois de pano de chão.

Vane a fulmina com o olhar, mas eu não consigo conter o riso.

A Darling dardeja os olhos negros em minha direção, a fúria gravada em seu semblante.

— Desculpe, Darling. — Levanto as mãos em sinal de paz. — Eu não duvido do que diz, mas ver uma garota magrinha como você acabar com o Sombrio é praticamente um esquete cômico.

A Darling sai de cima de Vane, que se levanta. O sangue ainda escorre de seu nariz, e ele passa os nós dos dedos para limpar, deixando uma mancha sob o lábio inferior.

— Isso é exatamente o que Tinker Bell iria querer, não é? — Os olhos da Darling passam do preto para o verde brilhante. — Nós brigando uns com os outros e os gêmeos se afastando de nós.

Sua atenção se volta para mim, e seus lábios se retraem com um pesar doloroso.

A Darling está preocupada? Oh, merda. Não sei por que ela duvidaria de mim.

Vou até ela, o sangue ainda com um gosto forte em minha boca, e a envolvo em um abraço. É fácil engoli-la. Ela tem metade do meu tamanho, apenas um pedacinho de menina.

— Eu não vou te deixar.

Ela se derrete em meus braços e me agarra em volta da cintura.

— É sua mãe. — A voz dela é quase inaudível, abafada contra minha pele. — E sua irmã. Elas ou esses imbecis. Como você pode escolher?

— Talvez eu não precise.

A Darling se afasta, mas seus braços ainda estão em volta de mim. Ela tem que esticar a cabeça para trás para encontrar meus olhos.

— Pan não queria escolher — ela me lembra. — E veja aonde isso o levou.

Olhando por cima da cabeça da Darling, vejo Peter Pan. Ele está à janela agora, contemplando o céu sombrio da Terra do Nunca.

Ninguém sabe melhor que Peter Pan o quão ardilosa minha mãe pode ser.

Ele está preocupado?

Tenho a nítida impressão de que está.

NÃO CONSIGO PARAR DE PENSAR NAS PALAVRAS DE TINK.

"Escutei muitas histórias curiosas sobre mitos e homens, e homens que pensam que são mitos nesse tempo todo que passei lá embaixo com os espíritos da lagoa."

Homens que pensam que são mitos.

Ela falou isso para mim. Sei que sim. O que estava insinuando? Que eu não sou quem penso que sou?

A neve ainda cai das nuvens espessas e escuras do lado de fora do loft, e há um frio inegável no ar.

Achei que tivesse resolvido esse problema.

Recuperar a sombra deveria ter consertado tudo, incluindo a Terra do Nunca. Mas a ilha parece distante novamente. Mais silenciosa do que eu gostaria.

Por que está nevando, porra?

Por que a ilha trouxe Tink de volta?

Há outras palavras que também ficam ecoando sem parar na minha mente:

Rei da Terra do Nunca.

Rei da Terra do Nunca.

Mesmo iluminado, na escuridão fica aprisionado.

Está nos ouvindo, Rei do Nunca?

Achei que os espíritos da lagoa estivessem me alertando sobre minha propensão à violência e à crueldade. Que eu não poderia continuar sendo tão insensível e indiferente.

A Darling era minha luz. Ou foi o que pensei.

Então, por que diabos a Terra do Nunca está sombria?

Por que parece tão distante?

Atrás de mim, a Darling me chama, porém mal consigo ouvi-la em meio ao turbilhão que me consome.

Homens que pensam que são mitos.

— Peter?

Desperto de meu devaneio.

— Não me chame assim.

A Darling me olha intrigada.

— Pelo seu nome?

Volto a olhar pela janela e vejo um redemoinho de flocos de neve pegar uma corrente de vento.

— Tink me chama de Peter.

Posso estar no solo da Terra do Nunca há mais tempo que Tinker Bell, mas, de alguma forma, seu retorno me reduziu a um menino. Sinto-me despreparado e vulnerável.

O toque da mão da Darling em meu antebraço faz disparar um arrepio em minha espinha. Não por causa do frio, mas por causa do nítido contraste de seu calor.

— Só Pan então.

Engulo em seco. Preciso de uma bebida.

O que a lagoa tentava me dizer? Os espíritos tentavam me alertar do que estava por vir? Será que não percebi os sinais porque fui arrogante demais para ouvir?

O retorno de Tink soa como mais um sinal de aviso.

— Vamos descobrir o que está acontecendo — diz a Darling. — Se ficarmos unidos e...

Os gêmeos estão discutindo com Vane novamente, tentando decidir o que fazer, qual a melhor abordagem para esse novo problema. Todo dia aparece algo diferente.

Quando descansaremos?

— Não vamos para o palácio — assevera Vane.

— Sim, nós vamos. — Eu me dirijo a eles. O toque da Darling desaparece e me sinto imediatamente mais frio.

— Você tem merda na cabeça? — Vane pergunta.

Quando encontro seus olhos, percebo que há preocupação ali. Mas não é mais só por minha causa. Ele está preocupado com a Darling. Preocupado que eu esteja fora de mim e que também a coloque em perigo. Talvez ele esteja certo. Talvez eu não saiba que porra estou fazendo.

Mas também sei que não posso ficar de braços cruzados.

Não fiz nada da última vez, e Tink matou a Darling original.

Estamos todos agora nesta situação porque eu não fiz nada.

— Vamos ao palácio — digo a ele e mantenho a voz firme. Não estou aberto a discussões. — Se não formos, pareceremos fracos. E eu conheço Tink melhor que qualquer um de vocês. Ignorá-la só atiçará sua crueldade.

— Ir ao palácio colocará todos nós em risco. — Vane aponta para a Darling. — Ela é nosso ponto fraco, e aquela maldita fada sabe disso. E vai usar Winnie contra nós. Pode não ser logo de cara. Pode até não ser óbvio. Mas ela vai dar um jeito de nos dividir, e todos nós correremos o risco de perder a Darling. E, se aquela fada colocar as mãos em Win, eu juro por Deus que...

— Eu sei. — Eu o interrompo porque sei aonde ele quer chegar e não quero pensar nisso. Porque pensar nisso arranca o ar dos meus pulmões e comprime meu coração até ele ameaçar explodir.

Vane tem razão: a Darling é nosso ponto fraco, e Tink sabe disso.

No entanto, ela não a atacaria bem na nossa frente. Tinker Bell age nas sombras. Ela é o tipo de inimigo que tem uma satisfação doentia em deixar a presa no escuro, perguntando-se quando e onde a faca irá cortar.

Afinal, onde está a diversão se estivermos preparados?

— Vamos para o palácio — digo e sigo para o corredor. — Aceitamos o convite para sufocar a agressão de Tinker Bell. Fingimos que estamos indo para fazer as pazes porque, no mínimo, isso nos dará a oportunidade de recuperar as asas dos gêmeos da maneira mais fácil. E, se não conseguirmos do jeito fácil, estaremos em melhor posição para conseguir da maneira mais difícil.

Da entrada do corredor, paro e olho para trás. Os gêmeos estão no bar, compartilhando uma bebida. Vane está a poucos passos de distância, mais perto da Darling que de qualquer outra pessoa.

Tenho inveja dele.

Inveja de todos eles. Kas tem Bash. Vane tem a Darling.

Há muito, muito tempo, eu tinha Tinker Bell.

É em momentos assim que as lembranças vêm à tona. A maioria delas já desapareceu ou foi soterrada. Eu não queria me lembrar da Darling original, e pensar em Tink só despertou culpa e arrependimento.

Posso ouvir seu riso solto e vê-la flanando nas águas rasas da lagoa, as asas brilhando atrás de si.

— Posso ser sua fada, Peter?

— Você sabe que não pode ser minha fada, Tink, porque sou um cavalheiro e você é uma fada comum.

— Seu bobinho. — Então ela riu e chutou um pouco de água em minha direção.

Quando as memórias emergem, são sempre seguidas de tristeza.

Tinker Bell foi minha melhor amiga desde que me lembro.

E se minha melhor amiga pôde se virar contra mim...

— Vamos para o palácio — repito para eles. — Estejam prontos antes do pôr do sol.

E, então, eu os deixo a sós para, sem dúvida, discutirem o tolo que eu sou.

6
ROC

Apesar de todos os seus defeitos, a Terra do Nunca é um lugar com muita magia e muitos artefatos mágicos, e artefatos mágicos podem ajudar uma fera a encontrar uma Darling desaparecida.

Então começo a ticar minha lista.

Peter Pan deve saber como encontrar Wendy.

A rainha fae deve saber melhor ainda. Afinal, foi ela quem me convocou a esta ilha com a promessa de me contar segredos, e, embora tenha me revelado um, sei que há mais.

O problema é que não sei qual é o estado dela depois da luta com Peter Pan, os Garotos Perdidos e aquela garota Darling assustadora.

Talvez a rainha fae esteja morta. Talvez os segredos tenham sido perdidos.

Mas, se uma fera tem uma lista de verificação, esta deve ser seguida e, olhe só, a rainha fae é a próxima nessa lista.

Decido fazer uma parada na cidade antes de seguir para o território fae. A casa do capitão fica no topo da colina, para que ele possa ter uma ampla visão de seu território. Deste ponto de vista, está claro que o clima da Terra do Nunca está péssimo hoje. No entanto, a cidade ainda está movimentada. O povo tem mercadorias para vender e pão para assar, esteja nevando ou não.

Sigo o cheiro dos amendoins recém-torrados até um quarteirão perto da baía. Lá no meio, há uma pequena praça com uma fonte instalada no centro. A fonte é uma estátua de pedra do Capitão Gancho em toda a sua elegância, com o olhar fixo no horizonte.

Em todos esses anos, descobri uma característica comum entre os homens que erguem estátuas à sua semelhança: fragilidade.

Deveras irônico.

Espalhados pela praça, carrinhos vendendo pão, joias e vinho de fada.

Gritos, risadas e alguma especulação preenchem o ar. Muitos olhares atentos ao céu escuro.

Avisto o carrinho de amendoim e imediatamente vou até o velho corcunda de pé ao lado dele. Há uma bandeja repleta de saquinhos de papel transbordando de fresquíssimos amendoins assados.

— Meu velho, o senhor fez a alegria deste velho aqui. — Pego um dos saquinhos.

O vendedor de amendoins me olha de cima a baixo.

— Você não é velho.

Quebro uma casca entre o polegar e o indicador.

— O senhor me lisonjeia. — Coloco os amendoins na boca e os esmago entre meus molares, praticamente tendo um orgasmo em praça pública. — Puta que o pariu! Você sabe mesmo como assar um bom amendoim.

O velho me examina por baixo da aba larga de uma boina, manchada de óleo de amendoim e sujeira. Ele usa uma camisa jeans, o que é estranho, considerando que jeans só existe no mundo mortal. Mas, é claro, tranqueiras, bugigangas e prostitutas sempre chegam à cadeia de ilhas vindas de muitos reinos, e imagino que uma camisa jeans tenha tantas chances de emigrar quanto uma vagabunda safada.

Prefiro a vagabunda ao jeans, no entanto. Fico feliz em enfiar meu pau em um buraco molhado e quente. Não tanto em calças duras.

— O senhor sabe onde posso encontrar Wendy Darling? — Quebro outra casca.

— Quem? — O velho muda de posição, as botas esfarrapadas raspando nas pedras do chão da calçada.

— Wendy Darling — repito mais alto.

Ele balança a cabeça em negativa.

— Que pena.

A neve cai com mais força, cobrindo os paralelepípedos.

— Que tempinho, hein? — Quebro outra casca e os pedacinhos caem na neve aos meus pés.

— Nunca neva na Terra do Nunca — ele relata.

— E qual você acha que é o motivo?

O velho se ajeita novamente, e a carrocinha range quando ele se inclina nela, usando-a para se apoiar.

— Meu avô costumava dizer que o mau tempo era Deus querendo nos mandar uma mensagem.

— E o que você acha que ele está tentando nos dizer?

— Que estamos fodidos.

Eu rio e dou um tapinha na cabeça do velho.

— Ah, você é maravilhoso.

— Vai pagar por isso? — Ele aponta para o saco de amendoins que estou segurando.

— Você vai me obrigar?

Um tremor atinge sua mão direita. Ele rapidamente disfarça, levando-a para trás das costas. Não poderia me obrigar nem se quisesse.

Enfio a mão no bolso, tiro uma moeda e jogo para o senhorzinho. Ele pode ser velho, mas a pega facilmente, embora o movimento quase o desequilibre. Estende a palma da mão para inspecionar o dinheiro. É o dobro do preço pintado na lateral do carrinho em tinta branca lascada. Bem ao lado de *Potter's Peanuts*. E, então, *Os Melhores Amendoins da Terra do Nunca*.

Eu não discordo.

— Funciona para você? — pergunto-lhe.

— Funciona muito bem.

Nuvens espessas cobrem o céu, roubando a luz da praça da cidade. Retomo a estrada.

— Espero que Deus o poupe, meu velho. Seria uma pena perder esses amendoins deliciosos.

Os guardas no portão do palácio dos fae me deixam passar sem problema algum. Na verdade, parecem um tanto quanto desanimados.

Suponho que não seja totalmente inesperado, considerando o quão ineptos são em seu trabalho.

Quando entro no palácio pelo portão sul, entretanto, compreendo por que eles devem estar falhando em seus deveres.

O palácio está um caos.

Não é o tipo de caos visível, como os destroços de um tornado ou uma cabeça decepada. É do tipo mais quieto. Como a energia vibrante de uma multidão reunida em torno de uma bomba-relógio.

Ninguém está falando, mas tenho a nítida impressão de que todos gritam em silêncio.

Ainda com meu saquinho de amendoins, vou até a sala do trono, passando por grupos de fae enquanto caminho. A maioria usa trajes de dia majestosos — casacos bordados com fios de ouro ou vestidos costurados com joias.

O que também não é incomum. Passei muito tempo em cortes reais, e alguns estão sempre vestidos para deslumbrar. Os Remaldi nunca foram a lugar algum parecendo menos que podres de ricos.

Da última vez que estive no palácio das fadas, contudo, havia mais moderação, como se estivessem acostumados a vestir-se casualmente no dia a dia e só mostravam o que tinham de melhor quando precisavam impressionar ou comemorar.

E, se eles não estavam interessados em impressionar a corte de uma ilha visitante, então por que estão vestidos desse jeito?

Paro uma fada de asas peroladas e um vestido esmeralda-escuro.

— Onde está sua rainha?

A garota está com pressa, e a primeira emoção a se mostrar em seu rosto é de aborrecimento. E, então, ela repara em minha camisa ensanguentada e esfarrapada, e cerra os dentes em uma careta profunda.

Seus olhos encontram meu rosto.

Num dia bom, meu rosto pode abrir portas e pernas.

Um suspiro assustado escapa da garganta da garota, e seus pés tentam carregá-la embora.

Eu a agarro pelo punho, arrastando-a de volta para mim, e a respiração assustada se transforma em um gemido alto.

— Não tão rápido, fadinha.

Não sei quantos anos ela realmente tem. Os fae envelhecem de maneiras misteriosas, assim como eu.

Ela pode ter dezessete ou setenta e cinco anos.

Mas acho que está mais próximo do primeiro, pela forma como treme sob minha pegada. E tem idade suficiente para ter ouvido falar de mim, jovem o suficiente para me temer.

— Onde está sua rainha? — repito.

— Acredito que ela esteja na sala do trono, milorde.

Milorde. Ai, caramba. Que antiquado. Tecnicamente, sou um barão na Terra Invernal porque comi os inimigos do rei e ele me deu o título de presente. Mas essa fadinha não sabe disso.

— Crocodilo está bom — digo a ela e então me inclino, falando mais baixo. — Ou Besta.

Vários criados passam correndo, com os braços carregados de cestas de frutas. Desvio o olhar da garota para observar o frenesi das atividades transcorrendo no grande salão. Todo mundo está *atarantado*. Quase ninguém fofoca, o que é a verdadeira moeda de qualquer corte.

— Estão se preparando para alguma celebração?

A garota faz que sim, batendo as asas rapidamente.

— Hoje à noite. Sim, milor... quero dizer... Crocodilo, senhor.

Eu a solto.

— Continue seus afazeres, então. Talvez eu te veja esta noite.

Eu mostro os dentes para ela, e a fadinha solta um gritinho e sai correndo. Uma celebração explica as roupas mais finas, mas que porra é essa que eles estão comemorando?

Nada mudou no grande salão. As tapeçarias são as mesmas — várias delas representando os deuses fae. Cenas de batalhas, festas e folia. O tapete que reveste o corredor é o mesmo de quando visitei os Remaldi.

Mas algo está diferente.

Sigo o tapete vermelho-vivo por vários metros do corredor até chegar às portas duplas do salão do trono. Não há guardas vigiando as portas fechadas, protegendo a rainha.

A maçaneta é grande e pesada. Bronze, seria meu palpite. Quando toco o metal frio e a puxo para baixo, ouço os ruídos dos mecanismos internos e a porta range conforme eu a empurro.

Encontro a sala do trono vazia, exceto pela rainha.

— Eu disse para me deixarem só!

Sua voz ecoa pelo espaço cavernoso. Apesar de se direcionar para o subsolo, o salão tem uma cúpula gigante com um teto de trepadeiras e arandelas brilhantes.

De costas para mim, Tilly deve estar pensando que sou um de seus humildes servos ou guardas.

Fecho as portas ao entrar e dou um passo adiante.

A rainha gira, batendo as asas e saindo do chão.

— Eu disse para... — Seu grito preenche o espaço novamente, as palavras voltando em um eco quando ela se interrompe abruptamente. Asas desacelerando, seus pés voltam ao chão. — Crocodilo.

— Precisamos conversar.

— Agora não.

Ela se afasta de mim e vai até o bar, pegando uma garrafa de vinho de fada já desarrolhada ao lado de um cálice com um resto de líquido dentro.

Os fae adoram o seu vinho, mas a sua rainha nunca o bebe.

Desta vez, no entanto, ela enche o copo até a metade e o vira de um gole.

Desço as escadas.

— Para uma rainha prestes a organizar uma celebração, você não parece estar de bom humor.

Ela bufa e enche o copo novamente.

A energia na sala está conturbada, e, por um segundo, deixo a emoção explorar velhas memórias de uma época em que tive uma irmã, quando eu era um irmão mais velho que deveria tê-la protegido.

A rainha afunda no balcão do bar, apoiada nos cotovelos. Circulo pela sala. Nenhuma batalha séria ocorreu aqui. As mesas estão de pé, as cadeiras arranjadas embaixo delas. As tapeçarias estão intactas, as arandelas de ferro continuam na parede, a luz da magia tremeluzindo dentro delas.

Então, o que aconteceu para deixar a rainha fada uma pilha de nervosismo e angústia?

Percebo o que está diferente.

O trono sumiu.

Subo a plataforma para inspecionar o espaço. Detectar ilusões não é tarefa fácil, mas, como acabei de me empanturrar, estou confiante de que poderia identificar uma se examinasse muito, muito bem.

Mas não há nada que se destaque para mim.

Apenas um espaço vazio onde antes havia um trono.

Um trono que trazia a marca dos Criadores de Mitos, uma sociedade secreta conhecida por usar magia sombria para ajudar a instalar e/ou manter pessoas em tronos.

— Tilly... — eu começo. — Por favor, me diga que você não...

Uma porta lateral se abre na sala do trono, e Tinker Bell entra.

Ora, ora, ora.

Ela sorri para mim, como se esperasse me encontrar aqui. Estava ouvindo do outro lado da porta, sem dúvida.

Tinker Bell atravessa a sala e me abraça, exalando o fedor de magia sombria, vetiver e pó de fada.

— Crocodilo. Besta. O homem de muitos nomes. — Ela se afasta e entrelaça as mãos à sua frente. — Lembro-me de ter te encontrado uma vez na Terra Soturna. Você se lembra? Naquela época, você era conhecido por seu verdadeiro nome. Ai, como era?

Ela franze a testa enquanto pensa.

— Fale meu nome verdadeiro e eu te devoro inteirinha.

— Oh, Crocodilo! — Ela solta uma risada. — Você é tão divertido.

Ela fica séria e deixa que as asas a ergam do chão, então ficamos da mesma altura.

Olho para trás e vejo a rainha fae se encolhendo.

— Sua garota tola — digo. — O que foi que você fez?

— Ela fez o que precisava ser feito. — Tinker Bell voa para a minha esquerda, bloqueando minha visão de Tilly. — Minha filha foi incapaz de governar sem a orientação de alguém mais forte. Então ela e a lagoa me ressuscitaram. A ilha sempre nos dá o que precisamos. — Ela sorri largamente, o corpo inteiro brilhando como uma lanterna. — E agora estou aqui para ajudá-la a corrigir seus erros.

São reveladoras as palavras que uma pessoa usa quando fala frases duras.

Não preciso olhar para Tilly para saber que ela está sangrando, mesmo que não haja qualquer ferimento visível.

E, aqui e agora, eis o verdadeiro som de um grito silencioso.

— E como planeja fazer isso?

— Unificando a Terra do Nunca, é claro. — Ela continua flutuando pela sala, mesmo que esteja apenas trinta centímetros acima do solo. As asas são uma demonstração de poder, sem dúvida. Eu não posso voar. *Ainda.*

— Sinto muito, mas você disse unificar a Terra do Nunca?

Desço da plataforma.

Tinker Bell finalmente acalma as asas, pousando os pés no chão de pedra. Está ao lado da filha, mas não com ela, e Tilly engole em seco, com o olhar perdido.

— Meus filhos sempre tiveram a intenção de governar — diz Tinker Bell. — É um direito de nascença deles. Eu vou trazê-los de volta para casa e garantir que sejam os verdadeiros governantes dos fae e da Terra do Nunca, e Peter Pan não terá escolha a não ser aceitar.

Essa história aí vai dar pano para a manga.

E como vai.

Pego um cigarro, coloco entre os lábios e acendo o isqueiro.

— Não é permitido fumar no palácio — diz Tink.

— Tente me impedir — digo a ela e acendo a ponta, respirando fundo.

Estou no meio de uma tempestade de merda e não trouxe capa de chuva.

Quando fecho o isqueiro, Tilly estremece e meu coração até dói.

— Sua filha é a rainha — aponto. — Se planeja transformar seus filhos em reis, o que acontece com ela?

Tink estende a mão para afastar o cabelo do rosto da filha e Tilly se retrai.

— Tenho certeza de que encontraremos algo para ela fazer.

7

KAS

NANI COSTUMAVA COLECIONAR OBJETOS E PESSOAS INTERESsantes. Quando eu era menino, ela conheceu, em Porto Darlington, um jovem chamado Lafayette, quem imediatamente colocou sob sua proteção e levou para ficar no palácio.

Por obra do destino ou por determinação, ele se viu nas Sete Ilhas depois de ter atravessado o portal do reino mortal em um de vários navios que foram desviados da rota. A Terra do Nunca era sua terceira ilha, e ele disse a Nani que era sua favorita até então.

O jovem alegava ser um dos protegidos de George Washington e, assim como Washington, considerava-se um adepto do estoicismo. Uma de suas citações favoritas era *amor fati*, isto é, *amor ao destino*.

Seu navio tinha sido desviado do curso, ele deixou seu mundo e se viu preso em outro, mas, ainda assim, encarou tudo isso como uma grande aventura.

O amor ao próprio destino.

Às vezes penso nessas palavras.

Basta uma decisão. Na hora, pode parecer pequena ou inconsequente, mas aquela pequena decisão pode mudar o rumo de tudo.

O que teria acontecido com nossas vidas se Pan nunca tivesse matado minha mãe? Ou se nós não tivéssemos matado nosso pai para proteger nossa irmã e nosso direito de primogenitura ao trono?

E se eu não tivesse ido me deitar do lado esquerdo da cama ontem à noite e tivesse dormido na rede?

Eu teria sido o primeiro a ver mamãe em vez de Pan?

E se nossa irmã não tivesse nos banido?

Não consigo amar meu destino quando estou cheio de arrependimentos e pensando em todos os "e se".

Nani adorava dizer que é preciso se desapegar para chegarmos aonde queremos. Sei que é algo muito parecido com um princípio estoico. Ela tinha muita sabedoria para fazer o caos do mundo parecer administrável.

Mas eu não consigo, Nani.

Não posso desapegar se quiser proteger a Darling e meu irmão, e, cacete, até mesmo Pan e Vane.

Ir para a casa de minha infância com o plano de arrombar o cofre e roubar minhas asas de volta, todavia, parece uma traição. Mais uma prova de que nossa irmã estava certa ao nos banir.

Não sou confiável.

Será que essa rixa entre nós tem jeito? Será que posso reconquistar minha irmã mais nova?

Queria que Nani estivesse aqui para me guiar. Às vezes, ela nos mandava parar de olhar para o umbigo e simplesmente fazer o que era necessário. Mas outras vezes ela se sentava conosco e nos contava histórias antigas ou mitos dos deuses enquanto ficávamos trançando folhas de grama-doce. Bash amava a história de Gaio Azul, o deus trapaceiro, e de Astéria, a deusa das estrelas cadentes. Eu amava todas, porque o que eu gostava mesmo era de ouvir Nani contando cada uma delas.

Como eu queria ouvir algumas de suas sábias palavras agora. Mas me contentaria só com a sua presença, ainda que ela estivesse em silêncio.

Para Bash, eu digo: *Estou indo ao túmulo de Nani.*

Ele me encara, cismado. Já faz um bom tempo que não vamos até lá, mas ele balança a cabeça e diz: *Também vou.*

— Vamos dar uma caminhada para arejar a cabeça — digo a Winnie e Vane.

— Não cheguem muito perto do território fae — adverte Vane.

Como se corrêssemos o risco de dar de cara com Tinker Bell agora.

Só de pensar em nossa mãe sendo ressuscitada dos mortos, sinto um arrepio na espinha.

Meu irmão e eu seguimos em silêncio pela floresta após sair da casa da árvore, enveredando por nossas trilhas prediletas, que costumamos reservar para correr. Nosso ritmo é constante, porém não apressado. Afinal, estamos indo visitar uma mulher morta, e ela vai esperar.

À medida que saímos do território de Pan, a sensação de perigo aumenta e meu coração acelera. Nani está enterrada no cemitério reservado apenas para a linhagem real, então não há motivo para me preocupar em topar com alguém.

Mesmo assim, ainda estou nervoso.

Quando chegamos à margem entre a floresta e a campina, Bash e eu paramos.

A neve cai em flocos preguiçosos, cobrindo o prado com um manto branco. Bash e eu não estamos agasalhados, apenas usamos camisetas e calças, que vestimos antes de sair, mas ainda não estou com frio.

Acho que estou queimando de raiva e frustração.

Tenho certeza de que o álcool também ajuda.

Dou um passo adiante e a neve derrete sob meus pés, deixando uma pegada perfeita.

Bash coloca a mão no meu antebraço, incitando-me a ir mais devagar.

Ele indica as lápides em pedra bruta espalhadas pelo terreno ondulado, esculpidas com símbolos e nomes, pontilhando a paisagem com tantas fileiras que, a princípio, não vejo a figura ao longe junto ao túmulo de Nani.

Olho para meu gêmeo.

A figura tem asas da cor de uma concha de abalone.

Nossa querida irmã.

Ousamos? Pergunto ao meu irmão.

Ele esquadrinha a paisagem. Eu verifico o horizonte. A neve dificulta enxergar ao longe, mas o mundo está silencioso, e não ouço o zumbido das asas.

Bash me dá um aceno de cabeça e damos um passo à frente.

Saímos da segurança da floresta e subimos a colina. Não há cerca. Nenhum sinal que indique o cemitério fae. Apenas as fileiras de lápides que homenageiam os mortos.

Os membros mais antigos da realeza foram enterrados perto da floresta, onde o terreno é mais plano, facilitando a marcação das sepulturas.

Conforme avançamos, o cemitério vai rejuvenescendo e posso ouvir mais o borbulhar do Rio Misterioso, do outro lado das colinas. Bash e eu passamos muitas tardes boiando no rio e depois voltávamos ao palácio com a pele enrugada e os rostos queimados de sol. As fadas que trabalhavam na enfermaria criaram um bálsamo para proteção solar, mas Bash e eu nunca o usamos. E Nani nos batia com sua colher de pau favorita quando voltávamos queimados.

O vento sopra forte, criando um redemoinho de flocos de neve ao nosso redor à medida que subimos a colina rasa, e, finalmente, nossos ancestrais mais próximos começam a surgir no cemitério.

Tilly está de costas para nós, mas sei que sente nossa presença.

Ela está parada diante do túmulo de Nani, com as mãos largadas ao lado do corpo. Não está usando o traje real habitual. Nada de adornos, joias ou coroa.

Apenas uma menina com os cabelos soltos, de luto por uma avó que já faleceu há muito tempo, com uma longa capa amarrada em volta do pescoço, balançando aos caprichos do vento.

Por onde começar quando se há tanto a dizer?

— O que você fez, Til? — pergunto.

Ela afunda os ombros e se vira para nós. É óbvio que estava chorando. Suas bochechas ainda estão molhadas e os olhos estão vermelhos, mas ela conseguiu evitar que novas lágrimas caíssem.

Seus olhos, entretanto, estão marejados.

Ela respira fundo.

— Eu fiz o que precisava ser feito.

Não há tremor em sua voz. Não há dúvida ou resistência. Mas eu conheço minha irmã mais nova. Ela também aprendeu o estoicismo com Nani, só que Tilly foi além e personificou a palavra.

Se não demonstrar emoções e usar sua determinação como uma armadura, será mais forte. Ninguém poderá machucá-la.

Ela deve se sentir tão, mas tão sozinha.

É de partir o coração.

Bash e eu fizemos o que achamos ser necessário para proteger Tilly, mas acredito que, no fim das contas, acabamos por deixá-la ainda mais vulnerável.

Havia maneiras melhores de cuidar dela. Estávamos demasiadamente cegos pelos nossos próprios interesses para enxergar com clareza.

— Como você a trouxe de volta? — Bash se afasta de mim, contornando o jazigo de nossa família.

Sei o que ele está fazendo. Está cercando Tilly ao mesmo tempo que ganha uma visão melhor do prado abaixo, caso alguém decida nos emboscar.

Tilly apruma a postura e ajusta a barra da capa, levantando o tecido grosso para que não tropece. Esperta, irmãzinha.

— Fiz uma oferenda à lagoa — ela admite, altiva.

Bash e eu nos entreolhamos. Não precisamos falar para saber o que o outro está pensando.

A notícia não nos surpreende. A estupidez do ato, sim.

Afinal, nosso pai já estava à beira da morte quando o matamos porque ele foi à lagoa em busca de vingança.

— E o que você ofertou? — eu lhe pergunto, examinando o que consigo ver de sua figura. Ela cortou um braço? Não. Um dedo? Algo mais que não consigo ver?

A ideia de minha irmã abrir mão de algo importante para a ressurreição de nossa mãe faz meu estômago azedar.

— O que você pediu? — Bash se aproxima do túmulo de Nani. Tilly segura a capa e dá um passo para trás, tentando impedi-lo de ficar atrás dela.

— Para encontrar um meio de derrotar Peter Pan de uma vez por todas. — Ela diz entredentes.

O frio finalmente me atinge, e eu estremeço.

Acho que Peter Pan agora tem muitos pontos fracos. A Darling é o maior deles. Então Vane. Talvez até Bash e eu.

E essas fraquezas são brechas em suas defesas.

Creio que minha mãe também seja um dos pontos fracos dele. Embora de um tipo diferente.

Ela é uma lâmina afiada que sempre cortou quando ele precisava que alguém fizesse o outro sangrar.

Agora a lâmina está voltada contra ele, e não sei se ele sabe como se esquivar.

Uma pequena parte de mim sempre achou uma saída covarde a forma como ele matou minha mãe, dizendo as palavras que jamais deveriam ser ditas a uma fada.

Ele fez isso porque era a única maneira de cortá-la sem se cortar também.

Tinker Bell é um ponto fraco de Peter Pan porque acredito que, no fundo, a traição dela é uma de suas feridas mais profundas. Uma que ainda não foi curada.

Quando sua própria arma se voltou contra ele, isso lhe partiu o coração.

Aliás, Pan finge não ter coração, mas ele amou minha mãe quando, imagino eu, ela era muito mais fácil de amar. Acho até que, de certa forma, ela foi seu primeiro amor. Um amor que ele deu gratuitamente após emergir da lagoa, um menino sem nome, sem história e sem mãe.

De um jeito ou de outro, Tink e Pan viveram anos e anos de uma relação amorosa antes de perceberem que o tipo de amor que nutriam um pelo outro era diferente.

E, então, não havia como voltar atrás. E não há como voltar agora.

A questão é: por que diabos a lagoa deu a Tilly o que ela pediu quando ama tanto Peter Pan? Quando literalmente o deu à luz? Não faz sentido.

Achei que, quando ele recuperou sua sombra, seu relacionamento com a ilha estava bom. Pensei que a ilha o quisesse de volta ao trono, a sombra em sua posse.

Embora eu tente ignorar, há uma semente de dúvida que se enraizou.

Nani amava a Terra do Nunca e estava mais ligada a ela que o restante de nós. Embora fosse a matriarca da família e a Rainha-Mãe, ela ainda cuidava do jardim do palácio, cultivando e colhendo os alimentos de que o palácio precisava para se sustentar, embora muitas fadas pudessem simplesmente conjurar comida do nada. Nani dizia que a comida gerada por magia nunca tinha um sabor tão bom quanto o alimento cultivado na terra. Suas unhas estavam sempre cobertas de sujeira, sua pele um pouco enrugada por causa do unguento que ela fazia questão de passar para protegê-la das horas passadas sob o sol.

— Ouça o solo da Terra do Nunca — ela dizia a Bash e a mim quando visitávamos o jardim com ela. — Conseguem ouvir?

Meu gêmeo e eu tentávamos conter as risadas às costas de Nani ao segui-la por uma fileira de repolhos.

A terra falou conosco? Não. Definitivamente, não.

Não passávamos de garotos estúpidos naquela época.

O que a ilha te contou, Nani? E que diabos está tentando dizer agora?

— Você ainda não respondeu à pergunta, irmãzinha — digo. — O que você ofertou?

Ela lambe os lábios e endireita a coluna.

— Dei meu trono a ela.

— Como é que é? — Bash avança e a segura pela gola da capa, puxando-a para si. — Por que fez uma merda dessas?

As asas dela adquirem um tom profundo de vermelho enquanto batem no ar.

— Era um trambolho feio de qualquer forma! — ela grita com ele. — Foi um símbolo da minha oferta.

— Era o símbolo da sede do nosso poder!

Ela agarra o punho do meu gêmeo e uma luz brilhante irrompe de seu toque, acertando Bash. Ele recua, sacudindo a mão. Tilly tenta levantar voo, mas, em um segundo, estou em cima dela, com a mão em sua garganta. Ela se engasga.

Sempre fui o gêmeo bonzinho. O mais legal. Até que não sou. Até enxergar o único caminho que vale a pena tomar. Eu sou o gêmeo que faz o trabalho sujo.

Estrangulo minha irmã, deixando-a sem ar pouco a pouco.

Ela agarra meu braço, tentando aliviar a pressão, enquanto seus olhos se arregalam.

— Kas — ela diz, com dificuldade. — Por favor.

Lágrimas se acumulam sob suas pálpebras.

— Você não passa de uma garotinha estúpida — digo a ela, ecoando meus próprios pensamentos, meus próprios medos. — Nós te protegemos todos esses anos. Nós te preservamos do pior, aguentamos as consequências do peso das expectativas do pai e da mãe para que você pudesse se preocupar apenas em ser uma princesinha mimada. Nós fizemos de tudo para que você pudesse continuar a ser uma princesinha mimada, e o que ganhamos com isso? Nossas asas arrancadas de nossas costas. Nosso direito de nascença extirpado. E agora você sacrificou o trono em que nossa família está há gerações só para que possa continuar esta campanha contra Peter Pan? Só para que possa ser a vadia mais mimada e poderosa da ilha?

O rosto dela fica azul e suas asas ficam opacas, para combinar, enquanto as lágrimas encharcam seu rosto.

— Kas — ela suspira, batendo em meus braços.

— Irmão... — Bash aparece ao meu lado.

Eu me inclino, com os dentes cerrados.

— Você está em uma busca tão cega pelo poder que sacrificou a única coisa que qualquer um de nós já teve pela ressurreição de uma mãe perversa e sinistra que nunca nos amou.

Só quando meu rosto fica completamente molhado é que percebo que também estou chorando.

— Kas! — Bash diz enquanto me puxa para longe de nossa irmã. — Respire.

Não sei se ele está falando para mim ou para Tilly, mas nós dois respiramos fundo. Ela se engasga, arqueja e se afasta.

— Você está bem? — Bash dá um tapinha no meu ombro, chamando minha atenção para ele.

Quando me concentro nele, em sua fisionomia tensa, o semblante preocupado, o brilho de apreensão em seus olhos, finalmente caio em mim. Eu sempre pude contar com ele. Em todos os momentos difíceis, meu irmão gêmeo esteve ao meu lado.

Olho para Tilly, seu lábio inferior treme enquanto ela tenta conter as lágrimas.

Tilly nunca teve alguém como eu tive Bash. Ele tenta se aproximar, sussurrando palavras consoladoras, mas sem estender ou levantar as mãos, dando o espaço de que ela precisa. Eu desabo perto do túmulo de Nani e, então, avisto várias guirlandinhas de grama-doce trançada, já secas, colocadas onde sua lápide encontra a terra. Pego uma e sopro a neve de cima.

Eu não fiz essas guirlandas e sei que Bash também não.

Nani amava todos nós, mas sempre achei que ela amava mais Bash e eu. Tilly mal ficava com nossa avó, sempre preferindo seguir nossa mãe e nosso pai, como um cachorrinho perdido. A mãe e o pai eram a sede do poder, e Tilly sempre teve vontade de ter um lugar entre os dois.

Nani tinha sabedoria, e Tilly nunca se interessou por isso.

Levanto-me, vou até ela e mostro a pequena guirlanda.

— Isso aqui é seu? — indago.

Meus irmãos me encaram. Tilly enxuga uma lágrima com a ponta do polegar.

— Sim.

— Por quê?

— Como assim *por quê*? — Ela franze a testa.

— Por que veio aqui hoje? Por que visita o túmulo de Nani? Por que deixa mimos para ela?

Tilly lambe os lábios. Os hematomas deixados pelas minhas mãos já quase desapareceram de seu pescoço.

— Percebi tarde demais que Nani era a única família que tínhamos que nunca quis nada de mim. — Novas lágrimas enchem seus olhos e, assim que uma delas transborda, ela a enxuga. — Fiz o que pensei que mamãe e papai queriam que eu fizesse. Dever acima da família. — Ela gesticula para nós dois. — Nosso dever era para com o trono e a corte. A linhagem familiar. Eu não queria decepcioná-los. Não quero falhar! E eu... — Ela se interrompe, os dentes cerrados. Seu queixo balança enquanto ela engole o choro. — Deixa para lá. Não importa agora, não é? O que está feito está feito.

Ela começa a descer a colina.

— Tilly, espere — diz Bash.

Detenho meu irmão antes que ele vá atrás dela.

— Ela está certa. — Nós a observamos partir pelo outro lado do cemitério, com as asas imóveis, enquanto a capa se arrasta pela neve. — O que está feito está feito.

— Ela está encrencada — diz Bash. — Posso sentir.

— Então, o que devemos fazer? Salvá-la de novo? Não acho que ela queira ser salva.

— Não acho que ela saiba como pedir, irmão.

A neve cai mais espessa, engolindo nossa irmãzinha enquanto ela volta para o palácio, sem trono.

8
WINNIE

Vane está taciturno. Ele está em uma das poltronas de couro, com o cotovelo apoiado no braço, um cigarro pendurado entre o dedo médio e o indicador, a ponta queimando, a fumaça subindo em espirais.

Assim como ele consegue pressentir o que sinto, eu tenho a mesma capacidade, só que ele é melhor em se proteger de mim do que eu sou dele, então só me resta adivinhar.

— Você está bravo com Pan — digo, tentando esconder a pergunta da minha voz. Não gosto de demonstrar incerteza perto de Vane.

Ele leva o cigarro à boca e dá uma tragada.

— Ele está sendo imprudente — Vane fala enquanto exala uma nuvem de fumaça.

— Ele está com medo — admito, ficando um pouco chocada ao descobrir que é verdade.

— Sim — Vane concorda. Então fecha os olhos e suspira. — Desde que conheço Peter Pan, ele esteve em uma busca incansável e interminável pela sua sombra e, agora que conseguiu, não sabe o que fazer. Ele ainda está atormentado.

— E você o culpa? — Atravesso a sala até Vane, mas fico perto da mesa de centro, com os braços cruzados. — Tinker Bell voltou à vida, isso é bem foda.

Vane bufa e sai fumaça pelo nariz.

— Que boca suja, Darling.

— Eu não gosto quando você me chama assim.

Ele olha para cima, com os olhos violeta cintilando, enfrentando o desafio em minha voz.

— Por quê?

— Porque me chamar de Win é algo que o restante dos meninos não faz.

— E você quer que nós dois sejamos especiais, não é, *Darling*?

É evidente que cometi um erro calculado, porque agora ele sabe que pode usar isso contra mim, para me colocar no meu lugar.

Jogando toda cautela para o alto, vou até a poltrona e me sento em seu colo, montando nele. Vane suspira e sua mão vai automaticamente para a minha bunda, embora esteja carrancudo como se eu o estivesse incomodando.

— Goste ou não, compartilhamos a sombra, então, sim, somos especiais.

Pelo que se sabe, somos os primeiros a partilhar uma sombra. Estamos em um cenário sem precedentes.

Pego o cigarro da mão dele e o apago no cinzeiro mais próximo. Vane não tenta me impedir nem reclama, só coloca as mãos na minha bunda e me puxa um pouco para a frente, pressionando-me contra sua virilha.

Quando me endireito, dou uma reboladinha, deixando-o sentir todo o calor da minha boceta.

— Winnie é meu nome.

— Sim — ele diz.

— Darling também é meu nome, mas, quando cheguei à Terra do Nunca, parecia que não era. Sei que Pan o pronunciava de um modo a colocar distância entre nós. "A Darling", era como ele me chamava. De um jeito não muito diferente de dizer "o tapete" ou "a porta" ou "a garrafa de ketchup".

Vane bufa novamente, então rebolo mais um pouco e ele geme, seu pênis engrossando sob mim. Ele crava os dedos em minha bunda, mantendo-me no lugar.

— Você foi o único a usar meu nome como um nome de verdade. — Eu o encaro fixamente, atenta a qualquer mudança em sua expressão. Não consigo sentir brecha alguma entre nós agora e acho que é porque ele está se esforçando muito para fechá-la. — Você foi tão cruel comigo quando cheguei aqui. Foi quem mais se empenhou em colocar a maior distância possível entre nós. Mas também foi quem fechou essa distância me chamando pelo meu nome, e de uma forma mais íntima que nunca.

A expressão dele se suaviza.

— É isso o que você pensa, *Darling*?

— É isso que eu sei.

De repente, Vane se levanta comigo em seu colo e eu enrolo minhas pernas em volta de sua cintura. Ele me carrega pelo corredor até a biblioteca e fecha a porta com a ponta da bota.

Sou miúda em seus braços, mas nunca me senti tão segura. Uma tristeza súbita me pega de surpresa quando meu cérebro baixa a guarda. E me diz: *Você não pode ter nada de bom. E, mesmo se tiver, não vai durar. Isso vai acabar. Ele verá quem você realmente é. Todos eles verão, e um dia você vai acordar e perceber que está sozinha novamente.*

— Eu estou contigo, Win — diz Vane, e sei que ele pôde sentir as garras nodosas dessa tristeza.

— Você não precisa me salvar.

Não quero que ele me ache fraca. Não quero que ele, Pan ou os gêmeos saibam que às vezes tenho medo de que eles sejam apenas areia nas minhas mãos e que eventualmente os grãos vão escorrer por entre meus dedos, não importe o quanto eu tente agarrá-los.

Vane me coloca na beira da mesa mais próxima. Está escuro no cômodo e o sol está ausente, mas as chamas acesas em vários candelabros de vidro tremeluzem.

— Já não repassamos isso? — Ele se inclina sobre mim, com o braço apertado em volta da minha cintura enquanto aninha o corpo entre minhas pernas. — Eu não quero te salvar.

— Então por que continua me confortando como se eu fosse uma gatinha frágil?

Com um movimento fluido, ele arranca minha camiseta, agarra minha garganta e me deita na mesa.

— Vá em frente, gatinha. Salve-se, então.

Rá. O feitiço virou contra o feiticeiro. Quem disse que eu quero me safar dessa? Ele sabe disso e eu sei disso e, com a energia da sombra correndo entre nós agora, sei que ele também não quer que eu escape.

Estico o braço e desabotoo meu short. Vane mantém a mão em volta da minha garganta, observando-me com interesse.

Tiro o short, jogando-o de lado, então enfio o dedo na calcinha e a puxo para cima, deixando-a bem fincada na minha boceta.

O olhar de Vane afunda entre minhas pernas enquanto meu clitóris lateja, carente de seu toque.

— Você já está encharcada — diz ele, olhando para o tecido úmido.

— Você não está mais me perseguindo e eu não estou mais fugindo.

Ele rosna do fundo da garganta e, usando a mão livre, tira a minha mão da calcinha para que a mão dele possa ocupar o lugar. Com os nós dos dedos contra minha pele, ele segue a extensão do tecido entre minhas pernas, roçando minha umidade.

Eu estremeço de prazer sobre a mesa, mas Vane me estrangula com mais força, obrigando-me a ficar no lugar.

Então, desliza um dedo para dentro de mim, lenta e deliberadamente, e minhas dobras molhadas fazem um barulho alto em meio ao silêncio sombrio.

Do lado de fora da biblioteca, a neve vira gelo e bate no vidro. O vento assovia. Pego o punho de Vane, desesperada para tocá-lo como ele me toca.

A sombra gosta da conexão, e uma descarga elétrica percorre minhas veias. Nunca fiquei chapada, mas imagino que deva ser uma sensação parecida, como se tivesse saído do meu corpo e não fosse nada além de puro prazer e calor.

Minha respiração acelera.

— Mete em mim, Vane. Sem dó.

— É tão bonitinho quando você acha que pode me dizer o que fazer.

Ele mete o dedo em mim novamente, massageando meu clitóris com o polegar, em uma carícia leve como uma pluma. Eu rebolo na mesa, tentando acompanhar a pressão de sua mão, mas ele é muito rápido e muito mais esperto.

Está me deixando louca de propósito, só para mostrar quem manda.

— Vane — gemo.

Ele me solta, arranca minha calcinha e me abre para si. Então, planta um beijo gentil logo acima do meu joelho, na parte interna da coxa.

— Você tem a boceta mais linda que eu já vi, Win.

Vane começa a traçar uma trilha de beijos, descendo, descendo, até estar tão perto do meu centro que sinto cócegas com sua respiração.

Estou tão viva, ardendo de necessidade, mas ele passa para a outra perna, beijando minha coxa novamente, deixando os dedos chegarem perigosamente perto da minha vagina.

— Vane — digo novamente, sem fôlego.

E, então, ele lambe minha boceta, fazendo-me estremecer.

Lá vai ele novamente.

— Pare de me torturar.

Ele pressiona com a mão o meu osso púbico, e uma onda de calor percorre meu corpo.

— Gosto de te ouvir implorar.

Com os olhos semicerrados, eu o encaro. Seu olho violeta ainda está violeta, observando-me atentamente. Ele tem um controle muito melhor com a Sombra da Morte da Terra do Nunca. Não há necessidade de violência ou sangue.

Apenas desejo nu e cru.

— Por favor — gemo.

— Mais alto.

— Por favor.

O fantasma de um toque no meu clitóris faz minhas costas arquearem sobre a mesa, cada nervo e osso de meu corpo tentando conectar-se a ele, cada vez mais.

Seus dedos seguem a dobra interna da minha coxa, depois deslizam sobre minha umidade, e eu me arrepio inteira, meu grelo latejando.

— Vane, eu não posso...

Ele afunda a boca.

Assim que sua língua desliza sobre mim, não consigo mais ficar parada. Rebolo freneticamente na mesa e ele coloca as mãos em volta das minhas coxas, abrindo-me mais. Passa a língua pelo meu clitóris e, em seguida, achata-o, lambendo lentamente.

— Ah, meu Deus! — Respiro e enfio a mão em seus cabelos, guiando-o sobre mim.

Eu o amo tanto que até dói, e, de repente, lágrimas queimam em meus olhos quando ele me traz cada vez mais perto da beirada da mesa.

— Você tem um gosto tão bom — ele me diz e me beija lenta e deliberadamente, passando a língua por meu corpo.

— Quero gozar com você. — Puxo seu cabelo, como se pudesse controlá-lo.

Ele me olha por entre o V das minhas coxas, com o cabelo todo desgrenhado e bagunçado por causa do meu frenesi por ele.

— Não preciso gozar — ele me diz.

— O caralho que não. — Sento-me direito, a sombra nadando logo abaixo da superfície.

O pau de Vane está muito duro e ainda preso dentro da calça. Eu a desabotoo.

— Você vai me comer — digo a ele. — Aqui e agora, e quero que goze comigo.

Deslizo a mão por baixo do elástico de sua cueca em seu quadril, e ele suspira rapidamente enquanto agarro seu pênis. A cabeça do pau já está molhada quando passo a ponta do meu polegar sobre ela.

— Não me negue isso.

Ele tira uma mecha de cabelo do meu ombro e leva a mão à minha nuca.

— Houve um momento em que eu queria que você corresse depressa para que pudesse escapar de mim.

Eu o acaricio. Ele rosna.

— Mas não creio que houvesse qualquer extensão de terra suficientemente vasta que tivesse me impedido de te pegar.

Ele me beija, sua língua encontrando a minha, compartilhando meu gosto.

Começamos devagar e gentilmente, e, então, ficamos famintos, o beijo se aprofundando, enlouquecido. Puxo suas calças e seu pau fica livre. Ele beija meu queixo, morde meu pescoço. Vou mais para a beirada da mesa e engancho minhas pernas em volta dele, alinhando-o, enquanto nossos lábios se juntam novamente.

— Me come — eu imploro e mordo seu lábio inferior. — Agora! — acrescento, mais autoritária.

Ele passa o braço em volta da minha cintura, levantando-me, puxando-me para perto, como se nunca pudéssemos estar próximos o bastante, mesmo quando está finalmente enterrado em mim.

Eu gemo alto. Ele rosna no meu ouvido e seu pau lateja contra minhas paredes internas apertadas, enquanto soca dentro de mim, a mesa raspando no chão.

Somos fogo e destroços de vidas destruídas e aterrorizadas. Trepamos como se o amor fosse um bálsamo que temos medo de esgotar.

Transamos como se não houvesse amanhã.

Agora.

Agora.

Agora.

Vane mete em minha boceta, e a fricção entre nós me acende por dentro, o orgasmo desabando em meu corpo com o poder de um maremoto.

Eu grito, enganchando meus tornozelos atrás dele, puxando-o para o fundo.

Ele dá mais uma estocada, derramando-se dentro de mim, grunhindo na minha orelha.

Eu tremo em seu abraço, o prazer escorrendo por mim como água através da rocha.

Ele me mudou para sempre.

Eu o amo.

Eu o amo tanto que queima e, ainda assim, tremo em seu aperto, meu corpo tremendo como se não soubesse o que fazer com toda essa alegria e esse prazer.

Vane sai de mim lentamente, depois entra novamente, os músculos de suas costas flexionando enquanto ele me segura.

— Posso sentir — ele diz, uma expressão suave, um segredo silencioso.

— Sentir o quê?

— Seu amor. No meu peito. — Ele beija minha bochecha e fica pertinho. — Posso sentir seu amor como um milhão de estrelas douradas no abismo sem fim que sou eu.

Suas palavras me atingem no âmago, e borboletas se agitam em meu interior.

Cerro os dentes, tentando não chorar, mas é tarde demais.

Vane me olha, enxugando a lágrima, e eu me inclino em sua mão enquanto o tremor diminui.

— Prometa-me que sempre estará aqui.

Ele me puxa para si e me beija com delicadeza.

— Eu prometo, Win.

9

PETER PAN

QUANDO SAIO DA MINHA TUMBA, OUÇO A VOZ DOS DOIS ecoando pelo corredor. Os gemidinhos da Darling. Os grunhidos de Vane. Preciso de todas as minhas forças para me conter e não entrar na biblioteca, primeiro para assistir e depois para participar.

A porta está fechada.

Vane e eu já compartilhamos mulheres antes, mas ele também gosta de sua solidão e sua privacidade.

Se a porta está fechada é porque ele quer que fique fechada.

Para que ele possa ter a Darling só para si neste breve momento.

Encosto-me na parede e acendo um cigarro. Na outra ponta do corredor, vejo a neve dançando do lado de fora das janelas, virando gelo, tilintando contra o vidro.

Por décadas, fiquei preso no escuro, apenas com a luz das estrelas acima de mim. Pensava nisso como minha gaiola dourada, mas, agora que as estrelas se foram, escondidas atrás das nuvens, sinto-me solto e desconectado.

Nada é como deveria ser.

Estou tentando ao máximo manter o pânico sob controle.

Você não merece a sombra.

As palavras sussurram na minha cabeça. Repetindo-se incessantemente. A Terra do Nunca deveria ser verde e exuberante, o céu azul, o vento suave e o oceano calmo.

Temos as duas sombras agora. E claramente a Sombra da Morte encontrou um lar de que gosta.

Mas e a minha?

Dou uma tragada no cigarro e expando meus pulmões com a fumaça.

Minha sombra está silenciosa, porém perturbada. Sou eu? Ou é a sombra? Eu nunca tive que pensar na linha tênue que existe entre nós.

Você não merece a sombra.

Tento tirar essas palavras da minha cabeça.

Winnie arqueja. A mesa balança no chão.

Suspiro e inclino a cabeça para trás.

O vento fica mais forte.

Não quero ouvi-los gozando em uníssono, então me afasto, volto para o loft e me largo na poltrona. O couro geme. Com o cotovelo no braço da cadeira, trago o cigarro de volta à minha boca e observo a Árvore do Nunca atrás da cortina de fumaça.

Ainda vejo o brilho das pixies no meio dos galhos, mas os periquitos se foram, e eu não consigo deixar de interpretar isso como mais um sinal de que nada está como deveria.

Até os Garotos Perdidos parecem ter sumido. Não vi nenhum deles desde que acordei.

O cigarro queima e queima.

Quero mais um. Acendo outro.

Sento-me inclinado para a frente, com os cotovelos nos joelhos.

O pânico cresce, subindo pela minha garganta.

O que foi que os espíritos da lagoa disseram na noite em que me arrastaram para suas profundezas? Quais foram as palavras exatas? Será que eu estava preocupado demais em voltar à superfície, preocupado com a Darling, com Vane e com os gêmeos para ouvir?

E se eu deixei passar algum aviso?

Era algo sobre a escuridão... e a luz...

Rei da Terra do Nunca.

Rei da Terra do Nunca.

Mesmo iluminado, na escuridão fica aprisionado.

O que diabos eles queriam dizer?

A porta da biblioteca é aberta. A Darling ri. Vane sussurra para ela. Eles vêm andando para o corredor de frente um para o outro. A Darling está de costas para mim enquanto Vane a agarra pelos quadris.

É Vane quem me vê primeiro e se recompõe, disfarçando os efeitos de estar apaixonado.

Os dois atravessam a sala.

— Pan — Vane começa, mas eu o interrompo.

— Darling, vai pegar uma bebida pra mim.

Ela cerra os dentes. Sinto seu olhar fulminante antes de ela ir para o bar atrás de mim. Tira a rolha de uma garrafa, bate um copo no balcão. Posso ouvir o gorgolejar da bebida. Vane me encara.

Eu sei que viro um cuzão quando estou com medo.

Não consigo respirar.

Encho meus pulmões com mais fumaça. E deixo queimar, queimar e queimar.

A Darling contorna a poltrona e me entrega o copo:

— Para o Rei do Nunca — ela diz, com ironia.

Tomo o copo da mão dela.

— Me traz mais um.

— O quê?! Agora eu sou sua empregada, é?

Eu me empertigo.

— Me. Traz. Mais. Um.

A atmosfera muda. O ar me pinica dolorosamente como agulhas na minha pele. Os olhos da Darling ficam pretos.

— Como ousa...

Vane se coloca entre nós, mas falando com a Darling.

— Olhe para mim — diz ele. Ela vira o queixo, olhando para ele. O ar ondula ao seu redor como o calor que emana do óleo quando está muito quente. — Sente-se.

Quando Vane lhe dá uma ordem, ela obedece. E cai no sofá bufando, cruzando os braços diante do peito. Seus olhos voltam ao verde brilhante e ardente de sempre, e ela me perfura com eles.

Vane se senta na mesa de centro entre nós.

— O que há de errado? — ele me pergunta.

— Não há nada errado — respondo.

Mentiras.

Ele franze o cenho, apoiando os braços nas coxas, as mãos à sua frente.

— O que há de errado, Pan? Fale comigo.

Rei da Terra do Nunca.

Rei da Terra do Nunca.

Você não pode ter luz...

E também não posso ter paz.

— O que há de errado? — rosno de volta para ele. — O que há de errado, Vane? Tinker Bell está de volta. Está nevando na Terra do Nunca. A lagoa está ferrando comigo. Os gêmeos vão embora e eu não...

Eu me interrompo, cerrando os dentes.

— Você não o quê? — Vane insiste.

Eu não mereço a sombra.

Matei Tink do jeito mais covarde e, quando me deparei com ela pela segunda vez, escolhi o mesmo caminho.

Se a lagoa estava tentando me ensinar uma lição, eu não aprendi. Ou a ignorei deliberadamente.

Fecho os olhos e os esfrego com o polegar e o indicador.

— Deixa para lá.

Tudo dói. A minha vontade é de me rastejar para fora da minha pele. Apago o cigarro no cinzeiro mais próximo e me levanto.

— Não saia do lado dela — digo a Vane.

— Não sairei — ele promete.

A Darling está mais calma, mas ainda de braços cruzados.

Eu quero ir até ela. Quero sentir o calor de sua pele e ouvir seus gemidos suaves enquanto transamos. Quero me perder nela.

Em vez disso, dou-lhe as costas e vou embora.

10

WINNIE

PETER PAN É UM CUZÃO.

É claro que eu já sabia. Afinal, ele me raptou. Mas agora eu *realmente* sei.

E também sei que ele está sofrendo e não quer compartilhar.

Não consigo sentir Pan como sinto Vane, mas há uma conexão. Como um zumbido distante, um ruído branco que nunca cessa. Só que não sei dizer o que significa. Ter a sombra é algo tão novo... Ainda estou tentando entender como utilizá-la.

O silêncio toma conta da sala depois que Pan se retira. Vane continua sentado na mesinha com os cotovelos apoiados nos joelhos. Ainda está sem camisa, de costas para mim e observo o crânio tatuado lá. Tem a boca aberta e presas afiadas.

Achava que era apenas um estilo que ele tinha escolhido quando fez a tatuagem, mas agora me pergunto se é algo que representa o que ele era antes da sombra. Um monstro, ele disse. Seu irmão é conhecido como o Devorador de Homens. O crânio com presas é um tanto quanto apropriado.

— Estou preocupada com ele — digo, quebrando o silêncio.

Vane abaixa a cabeça.

— Eu também.

— Ver Tinker Bell novamente o deixou sem eira nem beira.

Vane assente.

Olho pelas portas da varanda, onde a neve ainda está espessa. Quando mamãe e eu moramos em locais de climas mais frios, a princípio, eu detestava a neve. Gostava de usar vestidos e brincar no sol e na chuva. Eu não tinha um casaco de inverno e muito menos botas, o que me obrigava a ficar dentro de casa. Então comecei a tomar banhos de banheira. Todos os dias, às vezes duas vezes por dia. Adorava ficar coberta até o pescoço com a água quentinha. Na época, eu achava que minha ânsia pelo calor era porque a neve era fria. Mas, provavelmente, vinha da minha ânsia pelo calor do toque humano, e um banho quente era o mais próximo disso que eu tinha.

— Vou tomar um banho.

Vane se vira e olha para mim.

— O quê? Agora?

— Preciso me arrumar para a visita ao palácio de qualquer jeito. Melhor já me adiantar. — Sigo na direção do meu quarto, e Vane vem atrás de mim. — Ué, você vem comigo?

— Prometi a Pan que não sairia do seu lado, então creio que também vou tomar um banho.

Eu rio. Eis um presente inesperado capaz de mitigar a inquietação em minhas entranhas.

O incomparável Sombrio vai tomar um banho comigo. Isso vai ser divertido.

Vane enche a banheira enquanto escovo meus cabelos. Nunca liguei muito para minha aparência. Eu era muito desengonçada quando criança e, então, muito fácil quando fiquei mais velha. Os garotos não se importavam se meu cabelo estava brilhante, desde que minhas pernas estivessem abertas.

E agora eu me importo?

Olho para meu reflexo no espelho da penteadeira. O vidro está manchado e turvo. Meu rosto está mais redondo do que era, as bochechas um pouco mais rechonchudas. Ganhei peso desde que cheguei à Terra do Nunca e não sei se é porque Bash cozinha as comidas mais deliciosas do mundo ou se é porque estou feliz.

Talvez ambos.

Gosto desta nova versão de mim.

Vane fecha a torneira, que fica gotejando. Ouço barulho de água esparramando e, quando olho para trás, vejo-o mergulhado até a cintura.

— Começando sem mim?

— Entre — ele ordena.

Deixo a escova de lado e tiro a roupa. Vane me come com o olhar, como se não tivesse me visto nua meia hora atrás, com o pau enterrado em mim.

Ele me dá a mão conforme subo pela borda alta da banheira. A água está bem quente, e eu me deleito com a leve sensação de queimadura enquanto afundo e deixo a água me envolver.

Suspiro ao me encostar na parede curva da banheira, minhas pernas enroscadas nas de Vane.

— Ah, isso é exatamente o que eu precisava — digo.

Vane pega meu pé e começa a massageá-lo.

— Não pegue tão pesado com Pan.

Abro os olhos e vejo o que está acontecendo. Isto é claramente uma armadilha, e ele está tentando me ganhar com uma massagem nos pés.

— Pan estava sendo um babaca.

— Eu sei.

— Então quer dizer que tenho que deixar barato?

Tento tirar meu pé das mãos dele, espirrando água, mas Vane segura forte.

— Quer dizer que você tem que se ligar na porra do clima, Darling.

Aí vem ele, usando meu sobrenome de novo só porque sabe que me aborrece, mas só quando ele usa.

Recosto-me na banheira de novo, e Vane continua massageando o arco do meu pé. Só quero aproveitar o momento, mas é difícil deixar tudo passar batido.

Há tanto da história de Pan que eu não sei. Anos e anos e anos. Será que me iludi ao acreditar que seria especial de alguma forma para ele também?

Talvez eu que seja arrogante.

— Eles eram... Pan... e Tinker Bell...

— Não — Vane atalha rapidamente. — Os dois eram apenas amigos. Mas Tink obviamente queria mais.

Engulo em seco. A ideia de desejar Peter Pan e não conseguir conquistá-lo... não é de admirar que Tink tenha perdido a cabeça.

— E os gêmeos?

— O que tem eles? — Há um tom de desinteresse na voz de Vane que contrasta nitidamente com o forte odor de preocupação que sinto a sombra exalar.

Sorrio para ele.

— Você também está preocupado com a possibilidade de perdê-los.

— Eles são dois bostinhas reais — diz Vane. — Não tô nem aí pro que eles fazem ou deixam de fazer.

Cutuco sua barriga de tanquinho com meu outro pé.

— Mentiroso.

Ele resmunga.

— Está bem. Mas, se contar a eles que eu disse isso, vou te foder até você quase gozar e, então, vou te deixar chupando dedo, se contorcendo de tesão. Farei isso dia após dia até você não conseguir nem enxergar direito.

— Eu me masturbo até gozar. — Vane só me observa. Acabo dando o braço a torcer. — Tá, tá! Sim, isso seria uma tortura. Seu segredo está seguro comigo em prol da sua rola e dos orgasmos alucinantes que tenho com você.

Ele relaxa e massageia o arco do meu pé.

— Os gêmeos fingem ser indiferentes à família e à conexão que perderam. Mas a verdade é que anseiam por isso. Diariamente. Não se trata apenas das asas. Ou talvez nem eles percebam que há algo mais, algo mais difícil de quantificar, mais difícil de nomear. Podemos até ser a família que eles escolheram, e agora, com você no centro, mantendo-nos todos unidos, acho que sempre seremos. Mas eles também precisam dessa conexão com seu povo. Não apenas a corte, mas todas as fadas. O caminho para os gêmeos é sentir que têm um lugar entre os fae. Eles teriam sido grandes líderes.

Vane finaliza e eu concordo com a cabeça, tentando não estragar o momento. Gosto de ouvi-lo falar sobre os outros quando não está tentando esconder o amor que tem por nós. Vane revela tão pouco, mas, neste momento, percebo que, em sua quietude, ele nos conhece, talvez até melhor que nós mesmos.

Ele passa para o outro pé, os músculos de seus antebraços se contraindo enquanto massageia meu calcanhar.

— Mas, e agora? O que faremos em relação a Tink?

— Deixe que a gente se preocupe com ela — diz Vane.

Baixo minha voz várias oitavas, imitando-o.

— Fique quietinha, menina tola, e deixe os homens fazerem o trabalho.

— Não foi isso que eu quis dizer.

Ele não se mostra ofendido. Em vez disso, parece tranquilo, como se soubesse que estou apenas sendo petulante.

— Eu posso ajudar.

— Sei que pode.

— Então por que não me deixa? Eu tenho a sombra e posso...

Ele se senta, e a água bate ao seu redor. Seu abdômen não está mais coberto pela água, e eu me perco no que estava falando, desconcertada com a nudez de seu corpo, a intensidade de seu olhar, o fato de que não faz muito tempo ele cuspia na minha boca e me evitava. E, agora, estamos tomando banho juntos e mal conseguimos ficar separados.

— Ela vai te destruir se tiver a chance. — Seu olho violeta fica preto, e eu sinto o puxão dentro de mim, a sombra querendo vingança e violência por algo que nem sequer ocorreu. Mas também posso sentir o medo de Vane. — Não podemos facilitar com ela — diz ele.

Concordo com a cabeça, e a escuridão deixa seu olho bom. Ele se inclina para trás novamente e pega meu pé, mas, desta vez, sobe pela minha panturrilha, e um arrepio percorre meus ombros, embora eu esteja rodeado de calor e vapor.

Ele está tentando me distrair. E lamento dizer que está funcionando.

— Quando chegarmos ao palácio — ele continua —, você não sairá do meu lado. Não importa o motivo ou a desculpa. Entendido?

— E se eu precisar ir ao banheiro?

Ele aperta com mais força o músculo da minha panturrilha e abro os olhos.

— Ai, muito forte.

— Entendido, Win?

— Sim, sim, tá bem. Entendi.

Ele continua subindo pela curva da minha perna, massageando a parte de trás da minha coxa, e eu solto um pequeno suspiro animado enquanto ele se aproxima do meu centro.

— Você já teve o suficiente para um dia — diz ele.

— Como ousa? — digo.

Ele ri, e é o melhor som do mundo.

— Putinha insaciável.

— Sempre.

Estou de olhos fechados novamente, mas sei que ele está sorrindo.

11

BASH

PAN CONTINUA SUMIDO QUANDO VOLTAMOS PARA CASA, MAS Vane e a Darling estão no loft, de cabelos molhados e despenteados. Eu tento ao máximo disfarçar o peso que sinto em meus ossos.

O encontro com minha irmã está me atormentando como uma maldita mosca gorda que não consigo matar.

Vejo o rosto de Tilly toda vez que fecho os olhos e, pior, vejo o quanto está apavorada.

Ela não tinha ideia do que estava fazendo quando ofertou o trono à lagoa. E agora não sabe como resolver a situação, por mais que não admita.

E eu ainda quero ajudá-la?

Ela fez a própria cama, então que se deite.

Mesmo tentando me convencer disso, tais palavras parecem vazias.

Também estou com medo por ela.

— Ei — a Darling nos chama quando nos vê entrando pela varanda. — Como vocês estão?

Kas nos serve bebidas e eu me jogo no sofá ao lado da Darling. Ela está sentada sobre as pernas cruzadas, de pés descalços e vestindo um robe felpudo que eu acho que pertencia a Cherry. Vane está perto dela, afiando uma faca, porque, é claro, o que mais ele poderia estar fazendo?

— Vimos Tilly — confesso.

A lâmina para de raspar a pedra de amolar e Vane me encara por entre uma mecha de seu cabelo escuro.

— E ela ainda está viva?

— Por muito pouco — resmungo. — Kas quase a estrangulou.

— Sério? — a Darling pergunta ao meu irmão.

Ele está no bar, colocando a rolha na garrafa de rum, e fica tenso com a pergunta. Não gosta que a Darling veja seu lado sinistro.

— Ela mereceu — diz Vane.

A Darling faz uma careta.

Kas se aproxima com os dois copos na palma da mão. Prendeu os cabelos em um coque bagunçado atrás da cabeça. Ele me dá um copo e depois se senta à minha frente em uma das poltronas.

— Tilly sacrificou o trono fae à lagoa. Não pediu à nossa mãe que ressuscitasse, mas foi o que conseguiu.

A Darling desdobra as pernas, e não consigo deixar de arrastar os olhos por sua pele leitosa. Sem pensar, estendo a mão, pousando os dedos em sua coxa nua.

Imediatamente me sinto melhor, embora não exatamente saciado.

Eu queria estar lhe dando frutas bem maduras e suculentas só para ver o jeito como ela abre a boquinha, a maneira como arregala os olhos ao sentir toda a doçura.

Por que todos têm que estar sempre em guerra nesta ilha? Será que não podemos simplesmente nos deleitar com doces e sexo por mais de um dia? Pelo amor de Deus.

As garras longas e afiadas de um lobo ecoam no chão de madeira e, um segundo depois, Balder entra na sala com os pelos escuros ainda cobertos de neve.

— Onde diabos você esteve? — pergunto-lhe.

Ele põe a língua para fora, ofegante.

— Correndo atrás do próprio rabo? — provoco.

Ele fecha a boca e se senta, claramente não me dando a mínima.

Vane cospe novamente na pedra de amolar e continua a afiar a faca.

— Um trono é um símbolo de poder, sem dúvida, e tem seu valor, mas é estranho que a lagoa ressuscite uma fada morta em troca disso.

— Foi o que pensei — digo. A Darling se aninha ao meu lado, encostando a cabeça no meu ombro enquanto Balder se aproxima e deita no chão diante dela. Ela deixa um pé pendurado, enfiando os dedos no pelo grosso de Balder.

Tudo acontece com um propósito.

Todos nós olhamos para o lobo.

— Agora você deu para falar? — eu lhe digo.

Ele pisca para mim, a cabeça apoiada nas pernas longas e grossas.

— Então, qual é o propósito de trazer Tinker Bell de volta? — pergunto, mas ele fica em silêncio. — Bastardo — murmuro, então ele resmunga no fundo da garganta:

Eu disse o que disse.

A Darling pega minha mão, desviando minha atenção do lobo. Olha para mim e pisca os cílios.

— Sobrou alguma coisinha para comer?

Estendo a mão e separo seus lábios com meu polegar.

— Talvez.

— Esquenta um pouquinho para mim antes de sairmos?

Eu me inclino e dou um beijo em seus lábios carnudos.

— E o que eu ganho com isso?

Ela passa a perna por cima de mim e se acomoda no meu colo. Minhas mãos estão em sua cintura, posicionando-a bem contra meu pau, que já percebe, animando-se sob o calor de sua bocetinha.

Ela se inclina para a frente, com a boca em minha orelha.

— Eu deixo você me amarrar mais tarde.

— Como é que é? Você "deixa"? — Balanço a cabeça. — Se eu quiser te amarrar, Darling, eu vou amarrar, e você aceitará como uma boa menina.

Ela sorri, rebola contra minha virilha e um suspiro pesado me escapa antes que eu consiga me controlar.

— Está bem. Vou te cobrar essa promessa. — Com a mão em seu pescoço, puxo-a para mim e nos beijamos. Ela tem um gosto divino. Sua língua busca a minha e meu pau fica duro que nem pedra. Ela geme, indo para a frente para poder colocar mais pressão em seu centro, quase me fazendo perder a cabeça com sua boceta.

— Ei! — Vane estala os dedos.

Pisco para ele através da cortina de cabelos úmidos da Darling.

— Que foi?

— Prepare algo para ela comer. A garota está morrendo de fome.

Presto atenção à barriga da Darling e a ouço roncar superalto entre nós. Idiota! Eu poderia fingir não ouvir por pelo menos mais cinco minutos. Tempo suficiente para me enterrar nela.

Eu a levanto de cima de mim e a coloco de lado. A Darling olha feio para Vane, por ter interrompido sua diversão, mas ele a ignora. Em vez disso, diz a Kas:

— Encontre algo para ela usar no armário de Cherry. Algo apropriado para o palácio.

— Por que está nos dando ordens? — eu lhe pergunto. — Ah, é! Tem razão. Você não é só mais um Garoto Perdido. — Sorrio.

— Não se atreva a dizer — ele avisa.

— Você é o Papai.

— Ai, caralho.

Kas dá risada e eu relaxo com o clima mais leve, mesmo que por uma fração de segundo.

— Nem sei do que se trata, mas ver Vane todo melindroso é meu passatempo favorito.

— Eu não sou melindroso.

A Darling também ri, e Vane faz uma carranca para ela.

— O quê? — ela diz. — Desculpe, mas você tem mesmo uma *vibe* de papai, e pode-se dizer que tenho problemas paternos. Problemas paternos bem grandes.

Ela tapa a boca com a mão para tentar conter o riso.

— Vá logo buscar um vestido. — Ele a empurra. — Kas, nova regra: não saímos do lado dela. Entendido?

Kas envolve a Darling em seus braços enormes.

— Entendido.

— *Strip poker*! — grito para o meu irmão conforme ele conduz a Darling em direção às escadas. — Foi aí que Papai Vane nasceu. Você perdeu.

— Claramente! — Kas grita escada acima.

Vane me fulmina com um olhar, que tem a intensidade do sol.

Viro-me para a cozinha e ouço seus passos atrás de mim.

— Me conte o que realmente aconteceu com a irmã de vocês.

— Ah, agora entendi. — Abro a caixa de gelo e espio lá dentro. — Enxotar a Darling e meu irmão foi apenas um pretexto para me deixar sozinho. Acha mesmo que vou revelar todos os nossos segredos? Te contar todos os detalhes sórdidos da família? Ok, tudo bem, você me convenceu.

Pego o recipiente de vidro com o frango e os biscoitos da noite passada, e, ao me virar, dou de cara com Vane olhando para mim, com as mãos nos quadris. Ele está me encarando de um modo como se quisesse torcer minha cabeça como uma tampa de garrafa.

Pelo jeito, troquei uma família disfuncional por outra.

— Tilly está ficando realmente desesperada — eu lhe digo, deixando as gracinhas de lado. — E, quando minha irmã fica desesperada, ela comete erros grotescos.

— Como acidentalmente trazer a mãe morta de volta à vida.

— Pois é.

Eu me debruço sobre a ilha da cozinha, tentando pensar. Não sei se qualquer palavra que eu disser seria capaz de convencer Vane. Mas não quero deixar esta oportunidade escorrer por entre meus dedos.

Não sei o que quero que aconteça com Tilly. Se quero vingança ou perdão. Isso muda a cada dia. Depende do meu humor e da lua crescente. Não depende de nada.

— Se eu conseguir conscientizar minha irmã, sei que podemos resolver tudo isso. — Olho para Vane. Sempre foi fácil ler sua raiva. Sua irritação e seu cansaço também. Raramente, porém, vi empatia em seu rosto. Mas as linhas finas ao redor dos olhos se suavizam e sua mandíbula fica mais relaxada.

— O que será preciso? — ele pergunta.

Meneio a cabeça e contemplo a neve rodopiante e o céu cinzento pelas portas da varanda. Em toda minha vida, jamais vi nevar na Terra do Nunca, mas os fae sempre foram mestres em conjurar diferentes estações no palácio. Todos os anos, por volta do fim do ano, fazíamos uma celebração de inverno, e as fadas mais talentosas em criar ilusões faziam neve cair da cúpula da sala do trono.

Quando penso nisso agora, parece um sonho. Ainda posso ver Tilly girando com uma saia rodada no meio do halo de luzes cintilantes, com o rosto virado para cima e a boca aberta para pegar flocos de neve. Naquela época, ela nem era considerada na linha de sucessão e vivia sua vida como se fosse só dela.

— Só preciso ficar a sós com ela. Longe de nossa mãe e de qualquer pessoa da corte que possa semear intrigas em seu ouvido.

Vane concorda.

— Então vamos fazer acontecer.

— Tá falando sério?

— Com certeza.

— Só para você poder matá-la?

— Não, idiota. Para você poder salvá-la.

Ele vai em direção à porta.

— Peraí. — Vou atrás dele. — Salvar Tilly? A rainha fae que tentou nos passar a perna em todas as oportunidades que teve e que fritou o cérebro das Darling? Essa Tilly?

Vane para abruptamente e quase nos trombamos quando ele se vira. Não é tão musculoso quanto eu, mas é alguns centímetros mais alto, então, quando olha para mim, olha para baixo.

Dane-se o que ele diz. Ele definitivamente tem uma *vibe* de papai.

— Salve sua irmã, Bash. E faça as pazes com ela. Caso contrário, um dia olhará para trás e perceberá que foi consumido pelo arrependimento.

Posso dizer que não estamos mais falando apenas de mim e de minha irmã. Nunca soube da história completa sobre o que aconteceu com a irmã de Vane e Roc, mas sei que ambos carregam o peso da morte dela como um enorme fardo.

Vane sai da sala.

— Você mudou — digo. Eu amoleci. Ele amoleceu. Que mundo é esse? — Gosto disso! — grito para ele.

— Vá se foder!

12

WINNIE

Quando entro no antigo quarto de Cherry, uma lembrança me vem à mente. Uma em que estou presa aqui dentro com a sombra. Só me lembro da onda de pânico e, depois, mais nada.

Ainda não sei o que ela planejava ou esperava que acontecesse. Mas tenho certeza de que me queria morta.

Os pelos dos meus antebraços se arrepiam e sinto a sombra em meu âmago.

Nós estávamos destinadas a ficar juntas, ela diz.

E, ainda assim, Cherry teve que me trair para que isso acontecesse. Isso a absolve da culpa? Talvez sim. Talvez não. Ou talvez, agora que ela foi embora, isso não importe mais.

Kas passa por mim e vai até o guarda-roupa. A porta range nas velhas dobradiças, e ele desaparece em seu interior.

— Cherry não tinha muitas roupas — ele diz lá de dentro. — Mas ela acompanhou Pan até o palácio em algumas ocasiões, e ele garantiu que ela tivesse trajes apropriados. Para o pouco tempo que temos, isso terá de servir.

Circulo pelo quarto de Cherry. Está uma bagunça. O frenesi de alguém que partiu apressadamente. Há um suéter na beira da cama, eu o pego e esfrego o tecido entre os dedos. É surrado, mas macio. Foi bem usado. Não consigo deixar de pensar em todos os pedaços de mim que ficaram espalhados por todo o país em todas as vezes que mamãe e eu fugimos afobadas, na tentativa de escapar de um proprietário que exigia o aluguel ou de algum homem que se aproximou um pouco demais do trabalho da mamãe.

Cherry e eu tínhamos algo em comum: nossos pertences eram tudo o que tínhamos. Nunca tivemos um lar.

— Ah, Cherry... — suspiro

— O que foi? — Kas sai do armário com um vestido na mão.

— Nada — respondo e observo o vestido pendurado no cabide de madeira. — Caraca!

— É o melhorzinho. — Kas o levanta para que eu possa vê-lo por completo.

— É lindo.

O tecido é de um tom vibrante de verde-esmeralda com uma saia armada e uma cauda longa que facilmente se estenderia atrás de mim por vários metros.

— Nunca usei algo tão chique.

Kas tira o vestido do cabide e desabotoa as costas para mim.

— Entre aqui que eu abotoo para você.

Desamarro o roupão e o jogo de lado. O olhar dele se aguça quando vê que ainda estou nua por baixo.

Certa vez, Kas me negou quando tentei levá-lo para a cama. Na verdade, não, ele até foi para a cama, mas não me deixou violar seu corpo lindo como o pecado.

Várias mechinhas de seu cabelo escuro caem na frente de seu rosto, como se ele o tivesse amarrado para trás rapidamente e vários fios tivessem escapado. Sua camisa está ligeiramente torta, e a linha dura de sua clavícula se destaca.

Pena que não está sem camisa. Meu Deus, eu poderia ficar olhando para ele o dia todo. Kas tem os músculos dos heróis de ação de Hollywood, e eu só quero apalpá-lo de forma indecente.

— Quando Bash me amarrar, você se juntará a nós?

Ele inclina a cabeça, e os fios soltos roçam seus lábios.

— Esse sempre foi o jogo dele.

— E qual é o seu?

A pergunta o deixa reflexivo. Posso ver em seu semblante que está pensando a respeito. Quando me responde alguns segundos depois, ele diz:

— Ir devagar.

Olhamos no fundo dos olhos um do outro, no pequeno espaço entre nós, eu ainda nua, Kas segurando o vestido.

Agora sei por que ele adorou me forçar a orgasmos múltiplos quando eu estava amarrada à Árvore do Nunca. Prazer prolongado, repetidas vezes. Quase fiquei louca. Estou molhada só de pensar, sinto minha boceta latejando.

— Quero jogar com você — digo a ele, e minha pele fica arrepiada. — Me provoque até eu não conseguir pensar direito.

— Quando você merecer — diz ele, com um sorriso quase imperceptível. — Agora seja uma boa menina e coloque o vestido, Darling.

— Já que você insiste. — Entro no vestido, e Kas o puxa para que eu possa enfiar os braços pelas mangas. Quando se assenta no meu corpo, fica imediatamente óbvio que é grande demais. Ganhei peso desde que cheguei à Terra do Nunca, mas meu peito sempre será menor que o de Cherry.

O corpete tem decote alto com um ousado padrão de folhas bordado em dourado sobre o tecido verde. Mais bordados dourados contornam a bainha da saia e as delicadas dobras do tecido onde a saia encontra o corpete.

Kas fecha a fileira de botões ao longo de toda minha coluna.

— Não acho que vai ficar bom.

— Termine de vestir e então nós ajustaremos.

— Você é costureiro agora? — pergunto, divertida.

— Algo do tipo.

Depois que abotoa o último botão na minha nuca, ele vem à minha frente. Há apenas uma janela no quarto de Cherry, e, com o céu cinzento, a luz está anuviada e mal destaca a silhueta de Kas.

Ele semicerra os olhos, analisando-me, e então:

— Feche os olhos. — Eu sorrio, gostando do rumo que a conversa está tomando. — Não temos tempo para isso. — Ele ri, já lendo minha linha de pensamento.

— Tá bom, tá bom.

Faço conforme ordenado. A sombra se agita.

Sinto os pelos dos meus braços se arrepiando conforme o ar muda. Percebo um ligeiro aroma de terra úmida, musgo e algo adocicado, talvez capim-limão. O perfume desperta algo antigo dentro de mim, uma memória há muito esquecida, o vestígio de uma impressão digital.

O vestido se aperta na minha cintura. Deixo escapar um suspiro de espanto.

— Quase pronto — diz Kas. — Mantenha os olhos fechados.

O peso do meu cabelo molhado desaparece e, embora eu ainda possa sentir Kas na minha frente, ele não está me tocando, por mais que eu desejasse que estivesse.

— Certo, pode abrir — ordena Kas.

Eu o espio. Ele está sorrindo.

Ao olhar para o vestido, percebo o corpete bem ajustado aos meus seios, como se tivesse sido feito sob medida para mim.

Kas me pega pelo punho e me puxa em direção à cômoda de Cherry e ao espelho pendurado na parede acima dela.

Quando vejo meu reflexo, solto um palavrão, pega de surpresa. Kas ri.

— O que você fez?

Meus cabelos estão secos e penteados para trás em um complexo coque baixo, deixando meu rosto completamente à mostra, emoldurado por delicados fios que caem ao longo do meu queixo.

Olhando mais de perto, percebo que também estou usando maquiagem.

— É uma ilusão e, modéstia à parte, uma muito boa.

— Você é um artista!

Minhas bochechas estão coradas. Meus lábios, levemente rosados. Tenho uma delicada sombra brilhante nas pálpebras e um pouco de rímel escuro nos cílios.

— Viu? — ele diz ao pegar minha mão como um cavalheiro e gesticular para eu girar. — Ficou ótimo.

Meia hora depois, estou sentada à ilha da cozinha enchendo o bucho. Bash aqueceu para mim as sobras de frango e os biscoitos, e, embora eu já tenha comido bastante frango e biscoitos na vida, estes são de longe os melhores.

Os biscoitos são amanteigados e suntuosos, salpicados de ervas que foram misturadas à manteiga que ele usou para dourar a massa. O frango está molhadinho, suculento; o picadinho de legumes é o mais gostoso do mundo. Eu não entendo. Sempre detestei ervilhas, mas, quando Bash as prepara, posso comê-las como se fossem doces.

Encostado no balcão do outro lado da ilha, ele me observa comer, segurando uma xícara de café.

Está sorrindo.

A colher está no meio do caminho até minha boca, mas paro.

— O que foi? Por que está me encarando?

— Nada. — Ele sorri ainda mais. — Só gosto de ver você comendo minha comida. Me deixa feliz.

— Feliz ou insuportavelmente orgulhoso?

— Ah. — Ele toma um gole de café, e o vapor beija seu rosto. — Ambos.

Sinto a presença de Vane atrás de mim.

— Por que ainda não está vestido?

— Estou ocupado — diz Bash.

— Eu não o faria vestir uma camisa — digo a Vane.

Ele resmunga e dá a volta na ilha ajustando o punho do casaco.

— Uau! — Paro de mastigar. — Jesus amado!

Vane olha para mim.

— Engula sua comida antes que acabe se engasgando.

Eu engulo e então:

— Quer dizer que tudo bem eu me engasgar com rola de Garotos Perdidos, mas não com frango e biscoitos?

Bash ri enquanto toma outro gole de café e acaba espirrando um pouco fora da xícara.

Vane não me responde, porque sabe que estou só o provocando, e ele não está errado.

— Você está muito gato com esse casaco — eu o elogio.

Ele revira os ombros, como se estivesse tentando se sentir confortável dentro da peça.

— Eu odeio esse tipo de roupa.

O casaco é preto com uma sofisticada gola rígida que contorna seu queixo. Não há costuras visíveis nem bordados. Para Vane, preto é apenas preto. Não precisa de adornos.

— Pare de ficar se remexendo — digo a ele.

Ele resmunga para mim. Bash dá outra risada.

— Vá se arrumar — ordena Vane. — Sairemos em breve. Darling, já comeu o suficiente?

— Sim, e Kas me vestiu. — Deslizo da banqueta e afofo a saia. Vane para de batalhar com o casaco.

A conexão da sombra que dividimos vibra entre nós. Fascinação. Excitação. Alegria.

Vane e eu trocamos olhares. Não creio que ele se permita sentir essas emoções com frequência e, quando sente, não deixa ninguém saber.

Mas não há como escondê-las de mim agora.

A visão de mim com um vestido bonito o emocionou.

Abro um largo sorriso, depois pego várias dobras da saia para poder dar uma voltinha para ele, como dei para Kas.

— Você está linda, Win — diz ele, com a voz mais suave agora.

— Obrigada.

Demoro um minuto para perceber que estamos sozinhos de novo, os gêmeos foram vestir seus trajes de gala.

— Você viu Pan? — pergunto-lhe.

Ele me responde balançando a cabeça em negativa.

— Estamos preocupados com isso?

Ele pega uma das canecas de cerâmica e se serve de um pouco de café.

— Ainda não.

Ajustando minha saia, vou até ele e fico ao seu lado na pia. Pelas janelas, observamos a neve, que começa a se acumular no solo da Terra do Nunca.

— Ele vai ficar bem — digo a Vane, mas sinto que estou tentando me convencer tanto quanto ao Sombrio.

— Eu sei — diz ele, com o olhar ainda no horizonte.

Não parece que ficamos muito tempo ali, parados, observando o céu nublado e a ilha nevada, mas, antes que eu perceba, Kas e Bash retornam, e o ar tilinta com sininhos de fada.

Viro-me para encará-los e solto um assobio baixo.

— Caraca! Todo mundo caprichou hoje.

Os gêmeos estão juntos do outro lado da bancada. O cabelo de Kas está solto e brilha como ébano escuro, cascateando por seus ombros largos. Bash tem os cabelos penteados para trás, mas não domesticados, e várias mechas tentam se revoltar e cair sobre sua testa.

Ele as desliza de volta com um movimento dos dedos.

Ambos vestem casacos pretos sob medida, muito parecidos com o de Vane, mas seus colarinhos estão dobrados para baixo e descem em uma lapela larga. Camisas brancas de botão quebram um pouco do preto.

— Sou a única usando cor esta noite? — brinco.

— Não, não é a única.

Todos nos voltamos imediatamente para a figura de Peter Pan, ocupando o espaço da porta aberta.

Algo quebra em meu peito, porque não consigo respirar direito quando o vejo.

Ele está magnífico. Gostoso demais. O tipo de homem que, se eu encontrasse em meu mundo, ficaria babando a seus pés.

O casaco perfeitamente alinhado aos ombros largos é do mesmo tom de verde-esmeralda do meu vestido. Não sei se ele sabia ou se é uma grande coincidência, mas não vou ignorar as forças cósmicas claramente em ação aqui.

Enquanto meu vestido apresenta um ousado padrão de folhas bordado em dourado, o casaco de Pan tem detalhes reais. Folhas costuradas às ombreiras se assemelham a uma dragona em camadas. Mais folhas adornam a gola do casaco, de modo que seu pescoço fique circundado por folhagem fresca.

Os cabelos estão penteados, sem nem uma única mecha fora do lugar. Quando meu olhar finalmente pousa em seu rosto, os brilhantes olhos azuis estão me procurando. Ele está insondável, distante, e não sei o que pensar disso. Agiu como um tremendo babaca mais cedo, claramente descontando suas frustrações em mim. Quero fazer o que Vane disse e não pegar pesado com Pan, mas também não vou ser seu saco de pancadas.

Especialmente quando estamos prestes a adentrar território inimigo, onde a mulher que matou minha ancestral, porque estava obsessivamente apaixonada por Pan, está nos esperando.

Sem mencionar que ela deveria estar morta, então tem isso também.

— Você está deslumbrante, Darling — diz ele, com a voz calma e neutra. Nem parece o Pan de antes, que estava prestes a perder as estribeiras.

— Você também.

Sua mandíbula se contrai, e borboletas revoam em meu estômago.

— Hora de ir — ele nos diz. — Mas, primeiro, prometam-me que todos vocês se comportarão e ficarão juntos. Ninguém irá a lugar algum sozinho. — Ele se dirige aos gêmeos. — Incluindo vocês, príncipes. Mesmo que aquele lugar já tenha sido seu lar.

Bash e Kas acenam para ele.

— Teremos cuidado.

— Então vamos — diz Pan, indo para a porta.

13

WINNIE

Estou tão concentrada em não tropeçar na saia longa do meu vestido que nem percebo que adentramos território fae. Pan nos avisa mais uma vez que devemos permanecer juntos, e, então, a trilha nos leva ao que parece ser uma terra completamente nova.

A neve rodopia no ar, mas não está caindo tão densamente aqui quanto na casa da árvore, então posso apreciar o amplo jardim e o palácio das fadas em toda a sua glória.

E, puta merda, como é glorioso.

Parece que... bem, *parece que saiu de um conto de fadas.*

Há várias outras construções espalhadas pelo terreno com o palácio principal, a maior estrutura, situado bem no centro, tal e qual a maior ponta de uma coroa.

O palácio é de pedra branca que, imagino, deva brilhar à luz do sol. Diversas torres se elevam em direção ao céu, lembrando-me imediatamente das conchinhas que mamãe e eu encontrávamos na praia quando morávamos perto do mar.

— Parece uma pintura. — Minha respiração se condensa no ar.

Bash ajeita seu casaco em meus ombros, que ele me deu logo que saímos de casa porque comecei a tremer.

— É lindo, não é? — Kas aparece ao meu lado, e todos nós observamos. — Sabe o que é engraçado?

Olho para ele, para a linha acentuada de sua mandíbula, o brilho de seus cabelos pretos cascateando por seus ombros largos.

— O quê?

— Nunca nos sentimos em casa no palácio.

— Como assim?

Ele olha para seu irmão gêmeo e Bash diz:

— Nos sentíamos em casa no chalé de nossa avó, do outro lado do terreno.

Kas concorda.

— O que será que fizeram com ele?

— É melhor não terem demolido. Nossa mãe tentou depois da morte de Nani, mas nosso pai proibiu.

Kas range os dentes e estreita os olhos.

— Vamos. — Pan avança seguido por Vane, não muito atrás. — Agora não é momento para melancolia.

Kas suspira, então pego a mão dele, entrelaçando nossos dedos, e digo:

— Não lhe dê ouvidos. Ele está rabugento hoje. — Aperto sua mão. — Sempre há espaço para nostalgia, mesmo se doer.

Ele se inclina e dá um beijo em minha testa.

— Nós não te merecemos, Darling.

Somos conduzidos pelo portão sem qualquer resistência dos guardas, que parecem estranhamente desocupados quando abrem as portas. A estrada de paralelepípedos que seguimos até o interior do palácio nos conduz à enorme entrada principal. A porta é aberta e nós entramos, enfim protegidos do vento e da neve.

Sacudo o casaco e o devolvo a Bash, os ombros agora úmidos com a neve derretida.

— Bem-vindos! — Uma fada nos cumprimenta, com os braços bem abertos e as asas brilhando atrás de si. A pele dela é de um tom verde-acinzentado, e seus cabelos de um vermelho muito intenso.

Como passei tanto tempo na Terra do Nunca e não encontrei alguém tão fabulosamente parecido com um personagem de conto de fadas? Acho que fiquei um tantinho isolada na casa da árvore. E, da única vez que Pan e eu nos aventuramos pela cidade, o passeio terminou em um banho de sangue.

O mais estranho é que estou acostumada a estar sempre em movimento, nunca me demorando em lugar algum. Mesmo quando mamãe e eu encontrávamos um lugar temporário para chamar de lar, eu saía sempre que possível, ainda que fosse para ficar na biblioteca local. Qualquer coisa para escapar da depressão e da loucura em casa.

Acho que não deveria me surpreender o fato de que, agora que me sinto feliz, amada e segura, não tenho mais a urgência de *estar em movimento*.

Adoraria, no entanto, ver mais da Terra do Nunca e, eventualmente, das Sete Ilhas, se esta fada for uma indicação do que eu irei encontrar.

A mulher pega a mão de Peter Pan e se curva em uma respeitosa reverência.

— Estou tão feliz de poder recebê-lo em nossa celebração, Rei do Nunca. — Quando ela se endireita e dá um passo para trás, acrescenta: — Permita-me apresentar-me, sou Callio, cortesã e conselheira de confiança da rainha. Ela me enviou para recepcioná-los ao palácio.

Tem tanta gente e estou tentando absorver tudo de uma vez. É vertiginoso. Fadas com vestidos brilhantes e terninhos de folhas, homens em túnicas bordadas a ouro, crianças com asas e chifres e olhos curiosos.

Não é a primeira vez, e definitivamente não será a última, que meu coração bate acelerado ao constatar a realidade da Terra do Nunca e da minha nova vida.

Estou vivendo um conto de fadas, e isso é apenas o começo.

Se ao menos conseguirmos superar o que quer que *isso* seja e que Tinker Bell voe para bem longe de nossas vidas.

— Estamos exultantes de tê-los conosco na celebração de retorno da Rainha Mãe — diz a fada.

Kas bufa.

— E vocês não acham estranho que uma fada morta tenha ressuscitado?

Callio junta as mãos na frente do corpo.

— Não mais que um príncipe banido sendo recebido de volta ao clã.

Kas fica todo eriçado, mas sou eu que dou um passo adiante e me coloco entre ele e a fada. A sombra se contorce dentro de mim, e sei que meus olhos ficam pretos.

Callio tenta esconder o assombro, mas eu percebo, a sombra percebe.

— Insulte-o novamente e eu te estrangularei até seus olhos sangrarem. — Minha voz ecoa áspera e grave, e a sombra está satisfeita por ter se mostrado.

Bash ri e coloca as mãos nos meus ombros, puxando-me para trás de si.

— Ela é um pouco protetora, Calli-sei-lá-o-quê. Queira perdoá-la.

A fada franze o cenho, mas acena com a cabeça e diz:

— Não queremos violência.

Agora é a vez de Vane bufar.

— Claro — responde Bash. — Só estamos aqui para comemorar o retorno de nossa falecida mãe.

Um grupo de garotas, com asas brilhantes e pedras preciosas nas orelhas, passa lentamente pelo salão. Elas sussurram entre si, admirando os meus rapazes, enquanto coram, batem os cílios e dão risadinhas.

Meu sangue ferve.

O som dos meus molares rangendo causa um zumbido nos meus ouvidos.

Vane de repente está ao meu lado.

— Calma, Win.

É assim que se sente um soldado na selva, sabendo que o perigo pode estar à espreita em qualquer canto? Só que o perigo aqui são as fadas, e o risco são os meus garotos.

Eu confio neles. Claro que sim. É só que... a sombra não se importa com confiança. Só se importa em proteger o que é nosso.

E a sombra e eu estamos na mesma página.

— Respire — diz Vane.

— Estou respirando.

— Queiram me seguir — diz Callio, virando-se com afetação, o vestido girando em torno de suas pernas.

De qualquer forma, respiro fundo, porque encher meus pulmões de ar é melhor que cuspir fogo.

— Acho que estou tendo uma sobrecarga sensorial — sussurro.

Vane coloca-se na minha frente.

— Quando sentir que a sombra está tomando conta…

— Ela não está assumindo o controle.

Vane se abaixa para ficar da minha altura.

— Quando sentir a sombra querendo se rebelar, olhe para mim.

Encontro seu olhar, um olho preto, o outro violeta. Ele está me analisando, linhas finas aparecendo ao redor de seus olhos à medida que sua preocupação aumenta.

— Estou bem — digo, mas não tenho certeza de que seja verdade. Gosto de festas, e isso definitivamente parece uma festa, mas nunca fui a uma com quatro homens lindos e poderosos de quem todo mundo quer uma casquinha.

Com uma sombra escura escondida sob minha pele.

— Olhos em mim — repete Vane.

Suas palavras são um choque. Eu nem percebi que tinha me afastado dele novamente para espantar as meninas com uma carranca.

— Estou bem.

— Está mesmo?

— Sim.

— Ela está bem? — Pan está nos esperando, no meio do caminho entre nós e os gêmeos. Ele está tão impenetrável, tão distante, porra!

Quero que ele diga que ainda me ama. Quero que me assegure de que está tudo bem, de que não preciso me preocupar em encontrá-lo com outra garota no colo.

Quero gritar para ele me dar tudo isso, mas mordo a língua.

— Estou bem. — Arrumo a postura, como se isso fosse provar minha afirmação. — Vamos acabar logo com isso.

14
PETER PAN

NÃO HÁ UÍSQUE OU BOURBON SUFICIENTE NO MUNDO CAPAZ de acalmar meus nervos hoje.

Vinho de fada resolveria o problema, mas seria um passo estúpido e amador ficar bêbado em uma celebração fae sendo um forasteiro e o inimigo.

Callio nos leva à sala do trono, onde a celebração já corre de vento em popa. Quando um criado passa levando uma bandeja, pego um cálice cheio e viro de uma vez.

Sou mesmo um idiota.

Beber vinho de fada é como beber estrelas. É suave, doce e queima as bochechas.

À medida que o álcool se instala em minhas entranhas, sinto meu interior se acendendo, então se aquecendo, e um pouco da ansiedade é aliviada.

Na plataforma onde normalmente fica o trono, uma banda inteiramente composta de fae sem asas está tocando instrumentos feitos de chifres e uma lira.

A multidão nos engole. Os fae sempre ostentaram sua elegância, e esta noite não é diferente. Túnicas bordadas com fios de ouro. Vestidos cravejados de esmeraldas, safiras e diamantes. Algumas gemas são lisas como doces, outras são facetadas de modo a refletir a luz conforme as fadas dançam.

Examino a sala em busca de Tinker Bell e, de repente, lá está ela. Sinto um nó no estômago.

— Meus bebês! — ela exclama e se aproxima, de braços abertos, dos filhos.

Bash e Kas ficam rígidos um ao lado do outro, sob os olhares atentos de todos na sala do trono.

Eles deixam Tinker Bell abraçá-los.

— Eu me lembro de quando vocês eram mais baixos que eu — ela diz, enxugando os olhos, mas é tudo encenação. Tinker Bell só consegue sentir uma emoção de cada vez, e geralmente é desprezo. — Mas, espere... — Ela dá um passo para trás e examina os gêmeos da cabeça aos pés. — Oh, não, esses trajes não são para vocês. Brownie! — Ela se vira e bate palmas. — Brownie! Onde estão todos os brownies? Tilly, onde estão os brownies?!

Os brownies estão mortos. Porque eu os matei.

A rainha fae se aproxima, e a multidão abre caminho para ela.

— Eu já te disse, Mãe — diz Tilly —, não restam muitos brownies no momento.

Tilly me lança um olhar sugestivo.

— Então me faça a gentileza de levar seus irmãos ao *closet*. Deixei trajes de gala real preparados para eles. — As bochechas de Tink queimam em um dourado brilhante com sua luz enquanto ela olha para mim. — Presumi que você não teria trajes refinados para meus meninos. Sem ofensa.

Ela quer fazer toda ofensa possível.

— Sigam-me. — A rainha se vira para a porta.

Os gêmeos olham para mim. Estão acostumados a pedir minha permissão, mas não sei se também se aplica aqui. Não sei de mais nada.

É como se o chão estivesse se abrindo sob mim, a paisagem mudando bem diante dos meus olhos.

— Olhos bem abertos — eu lhes digo, os dois aquiescem e se retiram.

A festa reinicia. A banda começa a tocar uma música de ritmo rápido, e os dançarinos acompanham, pés flutuando sobre o chão de pedra.

Tink vem ao meu lado e engancha seu braço no meu.

— Venha dar uma volta comigo, Peter Pan.

De canto de olho, vejo a Darling começando a avançar sobre mim, mas Vane a impede. Estou feliz que ela pode contar com ele. Estou feliz por poder contar com ele.

Meu coração martela no peito conforme Tink nos guia em meio à turba até o bar. Ela estala os dedos, e a fada atrás do balcão prepara um drinque, servindo-nos uma bebida cor-de-rosa brilhante em copos em forma de bolotas. Uma minúscula pixie é adicionada como guarnição no último segundo e fica zunindo na borda do copo, brilhando em um tom de laranja-profundo.

Já estou um pouco alto com o vinho de fada, então ignoro a bebida.

Tink beberica a dela, observando-me por cima da borda enquanto a pixie corre ao redor do nariz dela.

Meu coração bate um pouco mais forte.

— Lembra quando nos sentávamos na beira da lagoa e ficávamos pedindo que ela nos contasse seus segredos? — Ela dobra as asas para trás, quase se tocando, e inclina o quadril para a frente. — Você se lembra do segredo que pediu tantas vezes que fosse revelado?

Engulo em seco.

— Eu perguntei tantas coisas, Tink.

Mas sei a que pergunta ela está se referindo. A única parte do passado que jamais poderia esquecer, a saudade que eu sofria, o vazio impossível de preencher.

— "Espíritos da Lagoa" — diz Tink, imitando uma antiga versão de mim —, "eu tenho uma mãe?" — Ela termina com uma risada e toma outro gole de seu drinque. Suas unhas estão pintadas no mesmo tom do meu casaco. O vestido dela também é do mesmo tom. Quando éramos jovens, fazíamos roupas com folhas e fingíamos que a Terra do Nunca era uma ilha deserta e nós, seus filhos abandonados.

A mãe de Tink estava morta, e eu só tinha um buraco onde minha mãe poderia estar. A ilha era a mãe que adotamos.

Eu não queria ansiar por uma mãe e por isso fingi que nunca quis uma, mergulhando na natureza selvagem da Terra do Nunca, a princípio faminto por aventura e liberdade, e, mais tarde, por poder.

— Eu nunca quero crescer — disse a Tink.

— Nem eu — ela disse para mim.

— Seremos jovens para sempre.

Ela também riu na ocasião, aquele estrondo agudo que pareciam sinos de vento.

— Está bem, Peter — ela me disse.

A emoção me pega desprevenido, e Tink franze a testa para mim por cima da borda do copo.

Meus olhos estão marejados, então pisco e desvio o olhar.

— Descobri a resposta para sua pergunta — ela diz e se aproxima, baixando a voz. — Enquanto fiquei no fundo da lagoa todos esses anos, ouvindo a conversa dos espíritos, ouvi sua resposta.

Eu não quero saber.

E, no entanto, não há resposta que eu mais queira.

A tocadora de lira da banda está praticamente dançando em seu assento, movendo o corpo no ritmo da música. O aglomerado de faes se refestela, enchendo o ar de risadas e folia, enquanto sinto meu coração tão apertado que parece que vai explodir.

— Sabe o que os espíritos me disseram?

— Não, Tink, não sei.

Ela arranca a pixie de seu voo circular e a joga na boca. Posso ouvir o barulho das asinhas sendo esmagadas entre os molares dela.

É apenas uma espécie de inseto, mas estou horrorizado. A Tinker Bell que eu conhecia podia até ser obsessiva, maníaca e às vezes cruel, mas nunca comeu pixies.

Fico um pouco mais ereto.

Seus lábios se curvam em um sorriso.

— Peter Pan um dia teve mãe — ela diz — e sua mãe o abandonou na lagoa porque ele era um garotinho insolente que não se encaixava na família. E ela temia que, se o deixasse ficar, ele consumiria, consumiria, consumiria... — Tink se aproxima de mim — ... e consumiria... até que não restasse mais nada.

Meu coração para.

Meus ouvidos zunem.

— E, se um bebê tem uma mãe que simplesmente o abandonou — Tink prossegue —, ele naturalmente não pode ser...

Um mito. Um deus. Especial.

Ela não precisa dizer. Sei o que está inferindo.

— Sinto muito ser quem te contou. — Ela me encara com falsa piedade, bebe mais um gole do drinque e o deixa no bar. — Podemos conversar mais tarde. Temos muito a discutir. Aproveite a festa, Peter Pan!

Suas asas brilhantes ficam escuras, e ela some no meio da multidão.

15 WINNIE

— OLÁ, IRMÃOZINHO — ALGUÉM DIZ, DESVIANDO MINHA atenção de Peter Pan e Tink.

— Cacete — pragueja Vane. — O que você ainda está fazendo aqui?

— Conspirando — diz o homem com um sorriso devastadoramente brilhante.

Acho que fico de queixo caído quando avisto o recém-chegado. Ele é apenas alguns centímetros mais alto que Vane, mas tem a mesma constituição e as mesmas características impressionantes.

Exceto que Vane tem um olho preto e um violeta, e esse homem tem olhos anormalmente verdes que, quando pousam em mim, provocam um arrepio em todo meu corpo.

O Crocodilo.

— Sua Darling está com frio — diz Roc. — Deixe-me oferecer-lhe meu casaco.

— Não preciso de um casaco.

— Ela não precisa do seu casaco — diz Vane.

— Como queiram. — Roc coloca um cigarro entre os lábios e o acende. Olho ao redor para ver se isso é permitido, mas ninguém o impede. Talvez ninguém se importe com o fumo nas ilhas, considerando que metade dos seres aqui parece ser imortal.

— Pelo jeito, seu Rei do Nunca está tendo uma noite ruim. — Roc aponta para o bar com a ponta do cigarro.

Os olhos de Vane se estreitam.

Pan está mais pálido que o normal enquanto Tinker Bell fala com ele.

— Devemos ir buscá-lo? — pergunto a Vane.

Roc dá uma tragada e depois sopra a fumaça.

— Tique-taque, irmãozinho.

— Cale a boca, seu idiota.

A inquietação cresce em minhas entranhas. O pavor novamente. Mas agora não sei se é o meu ou de Pan.

Estou com dificuldade em distinguir entre as emoções ocultas de Vane e as emoções selvagens de Pan. As sensações vêm e vão como estrelas cadentes. Estão ali em um minuto e desaparecem no seguinte.

— Fique com ela — Vane diz ao irmão. — E proteja-a como se ela fosse Lainey.

— Eu não sou babá.

— Prometa, Roc.

— Está bem. — Roc joga o cigarro aceso no chão de pedra e o esmaga com a bota. — Tem minha palavra.

— Fique com ele — Vane me diz, em um tom urgente. — Ele é um babaca, mas pode te proteger se algo der errado.

— O que pode dar errado? — pergunto sarcasticamente, mas Vane já está se esgueirando no meio da multidão.

Tenho vontade de segui-lo, mas sei que ele é o único que nos mantém unidos agora e não quero ser mais uma pessoa para ele gerenciar.

— Dance comigo.

Viro-me para Roc e o encontro estendendo a mão.

— Com este vestido? — Puxo a saia longa. — Sem chance.

Roc se abaixa, saca uma adaga e corta a longa cauda.

— Mas que diabos? — digo enquanto o tecido se rasga em um movimento fluido. — Você acabou de arruinar meu vestido.

— Arruinei? — Ele se endireita, joga o tecido extra de lado, como se fosse lixo, e estende a mão de novo. Sua expressão é ilegível, mas seu olhar é penetrante.

— Um pequeno conselho, Darling. Não entre em território inimigo usando um vestido com o qual não pode correr ou dançar.

Ele sorri novamente, exibindo aquela fileira de dentes brancos e brilhantes, incisivos afiados como presas. Por Deus, ele é absurdamente lindo. Não é de admirar que Wendy tenha se apaixonado por ele. Aparentemente nós, as Darling, temos uma quedinha por idiotas moralmente duvidosos com barriga de tanquinho e boa aparência.

— Eu realmente não sei dançar.

A banda está tocando uma música alegre, e os dançarinos giram pelo salão, abraçados, como se estivéssemos todos em uma cena de romance de regência.

— Eu sei dançar por nós dois. Deixe-me te mostrar. — Roc dá um passo para a frente, passa o braço em volta de minha cintura e me puxa para si. Ele cheira a tabaco caro e algo a mais, como veludo amassado e pecado.

Ele pega minha mão.

— Basta me deixar guiar e eu farei o resto.

Roc nos envolve na multidão de dançarinos, e a sala gira em um caleidoscópio de cores e luzes brilhantes.

Agora estou sorrindo.

É tão legal.

Roc nos gira novamente. Eu cedo ao movimento, tentando não deixar meus pés se enroscarem nos dele.

Todos nós, dançarinos, estamos nos movendo em algum tipo de coreografia predeterminada. Casais giram para um lado, casais giram para o outro. A música cresce, tomando conta do salão. Uma sensação leve e gostosa enche meu peito e eu me entrego, permitindo a Roc nos guiar, deixando a música me fazer levitar.

Há algo especial em um ato coletivo, quando dezenas de pessoas estão conectadas em um momento de alegria compartilhada que parece de outro mundo.

Lágrimas brotam em meus olhos. Porque é bom e inocente, e eu esqueci o que era desfrutar de um momento só pelo prazer de vivenciá-lo.

Todos nós estivemos tão empenhados em salvar a ilha que quase não deixamos espaço para alegria.

A música para e a multidão para junto, aplaudindo os músicos.

Roc está ombro a ombro comigo, prestando seus agradecimentos, vários anéis reluzindo em seus dedos.

— Foi tão ruim assim? — ele pergunta acima do barulho da multidão.

— Acho que não.

— Mais uma então.

— Sério?

— Tem algum lugar melhor para estar, Darling?

Desta vez, a banda escolhe uma música mais lenta, e os dançarinos mudam seus movimentos. Está claro que todo mundo conhece a coreografia que acompanha cada peça musical e, ao que tudo indica, Roc também.

Em segundos, estamos dançando em sintonia com o restante do conjunto como um dente em uma engrenagem, girando em torno da sala.

Com o ritmo mais lento, temos mais oportunidades de conversar, e não posso perder essa chance. Há tantas coisas que quero saber sobre Vane e sua vida antes da Terra do Nunca.

— Conte-me sobre sua irmã — digo. Roc vacila e eu piso em sua bota. — Desculpe.

— Nunca surpreenda um Crocodilo — ele avisa, mas há um sorriso no rosto.

— Eu não queria...

Ele nos gira entre dois casais.

— Está tudo bem. Ela era muito parecida com você. Corajosa, ousada e irritantemente curiosa. Queria estudar História da Magia na Universidade das Trevas. Provavelmente teria conseguido. Éramos *nepo babies*, para ser honesto.

— O que é isso?

— Nepotismo? A prática entre aqueles que estão no poder de dar vantagens e favores aos seus consanguíneos.

— Ah. Certo.

Isso significa que a família de Vane era, o quê, nobre? Aristocrática?

— Nobre — Roc completa, como se pudesse ler as perguntas em meu semblante. Ele nos gira, e eu me derreto em seus movimentos. — Nossa família fundou uma sociedade conhecida como Sociedade dos Ossos. Guardiões do Tempo. Criadores do Tempo. Era necessário, considerando o que somos. Mas, além de feras, éramos a elite. — Ele ri, e o som ressoa profundamente em seu peito. — Vane e eu crescemos em mansões e castelos, com todos os nossos caprichos atendidos.

Não consigo imaginar Vane sendo um daqueles riquinhos cretinos e mimados que conheci tão bem no meu mundo. O tipo de homem que acreditava que tudo era seu por direito e, se não fosse, bastava se apossar.

— Nosso pai era cruel e ganancioso. Tentou derrubar a monarquia, a família Lorne, que, na época, estava no poder na Terra Soturna.

Valsamos pela beira da pista de dança, porém estou tão concentrada em Roc que nem ouço mais a música.

— Nosso pai foi descoberto, é claro. E o que lhe sobrava em ambição faltava-lhe em aparato de guerra, mesmo do tipo político. Ele foi preso. Perdemos grande parte da nossa riqueza. Vane e eu, junto de Lainey, tivemos de nos mudar para o Umbrage. O lugar era um poço de desespero, cinzento e imundo. Eu amei.

Ele sorri para mim, os olhos verdes captando a luz brilhante de uma lanterna de pixie, e os pelos de meus braços se arrepiam.

— Nós até podíamos ser *playboyzinhos* mimados, mas éramos astutos, tínhamos fome e, acima de tudo, éramos poderosos. Então os homens certos nos acolheram sob suas asas e, em troca, nós devoramos por eles. Soltamos nossos monstros e consumimos até que não restasse mais nada. E, então, um belo dia, nós nos vimos no comando.

Ele ri sozinho e me gira através das pessoas, conduzindo-nos de volta ao centro do salão.

— Nós entretivemos grande parte da elite da Terra Soturna. Eles frequentavam o Umbrage para dar vazão a seus desejos mais sombrios, e nós os atendíamos. Então, por mais que tivéssemos caído em desgraça, de certa forma, encontramos nosso povo. E é provável que tudo ficasse bem se eu não tivesse devorado acidentalmente uma princesa Lorne.

Fico de queixo caído. Não foi assim que pensei que essa história seria.

— Os Lorne queriam vingança, é claro, e quem poderia culpá-los? O problema é que eles não me mataram. Eles estupraram nossa irmã e depois a assassinaram na nossa frente.

A música termina e nós paramos. Estou abalada com a história e, com a ausência de música, tento me recompor enquanto Roc dá um passo para trás e aplaude a banda, como se não tivesse acabado de me contar uma história de partir o coração.

Eu não aplaudo.

Uma lágrima escorre pelo meu rosto antes que eu perceba que estou chorando. Sei que existe crueldade no mundo. Mesmo assim, fico puta de saber que existe.

Roc estende a mão e enxuga a lágrima com a ponta do polegar.

— Não chore, minha pequena — diz ele. — Foi há muito tempo.

— Sim, mas o tempo não significa nada para um coração partido.

E meu coração está mais uma vez partido por Vane.

Percebo a linha do pomo de adão de Roc enquanto ele engole em seco.

— Creio que tem razão.

Uma nova música começa, e os dançarinos preenchem o espaço ao nosso redor.

— Parece que seus homens estão domesticados — diz Roc, apontando na direção deles por cima do meu ombro.

Quando sigo sua linha de visão, noto que Pan agora está com Vane, Tink já se foi. Posso ver que os dois estão discutindo, e Pan bebe vinho de fada como se sua sanidade dependesse disso.

Com a sombra, posso ouvir e ver muito mais longe do que jamais pude, mas há tantas pessoas aqui, tantas vozes subindo, descendo e preenchendo cada espaço do salão, que não consigo entender o que eles estão falando, mas tenho certeza de que tem a ver com Tink.

— Você se parece com ela.

Volto-me para Roc.

— Quem?

— Wendy.

Sua frivolidade se foi, sua expressão ilegível.

— Ela tinha o rosto mais arredondado que o seu, mas vocês têm os mesmos olhos, a mesma língua astuta.

É tão estranho imaginar a minha antepassada ligada ao irmão de Vane. O tempo realmente não significa nada aqui.

— Você a amava?

— Pergunta ousada, Darling.

— Amava?

Roc suspira e desvia o olhar.

— Amava como ela me fazia sentir.

— E como você se sentia?

— Deixe-me reformular. — Ele me encara novamente. — Eu amava como, com Wendy, eu podia fingir por alguns momentos que tinha sentimentos.

Há tristeza em seu rosto agora, uma ruga entre as sobrancelhas escuras.

Um dançarino esbarra em minhas costas. Tropeço para a frente. Roc me ampara e, então, passa por mim, agarrando o homem pela garganta.

— Olhe onde está pisando.

O homem fica azul, com falta de ar.

— Desculpe... — Ele mal consegue falar a palavra. Cada sílaba sai arrastada.

— Roc. Está tudo bem.

Ele joga o homem para trás, que cambaleia, até ser pego por sua amiga fada.

— Circulando! — diz Roc, e os dois amigos vão embora.

Roc acende outro cigarro.

Procuro novamente Pan e Vane, ansiosa para ficar de olho neles.

Pan ainda está virando uma taça de vinho atrás da outra. Vane de cara feia para ele.

O pavor se intensifica até azedar meu estômago.

De repente, Pan e Vane se viram para mim e captam o meu olhar. Então Pan avista Roc ao meu lado e sua expressão fica dura. Ele se afasta do bar. Vane grita com ele.

— Hora de eu ir, minha pequena — Roc sussurra em meu ouvido, trazendo consigo o cheiro de fumaça e tabaco. — Gostei da nossa dança e espero que não seja a última.

Viro-me, sem saber como responder, porém com a sensação avassaladora de que devo dizer algo. Mas Roc já se foi.

Pai ainda estava [illegible] numa área de [illegible]

que [illegible] para ele.

O pavor [illegible]

De repente, Padre Vane se virou para mim e [illegible] o meu

olhar [illegible] Rose ao meu lado e sua expressão [illegible]

Ele [illegible] Vane [illegible] com ele.

[illegible] — [illegible]

[illegible] — Coste

[illegible]

Vire-me, sem saber como responder, [illegible]

[illegible] de que devo dizer algo. Mas [illegible] sei.

16

KAS

ENVELHECI ANOS E ANOS, E, MESMO ASSIM, MEUS TRAJES REAIS ainda me servem. Nenhuma magia é necessária para afrouxar as costuras ou ajustar o tecido quando os visto.

Tilly nos levou a um dos muitos *closets* da ala real do palácio.

Estou atrás de um biombo de teca. Há joias cabochão incrustadas na madeira esculpida, com pixies brilhando em seu interior, lançando um arco-íris de cores. Não sei dizer se as pixies são reais, presas dentro das pedras por toda a eternidade, ou se são apenas uma ilusão.

— E aí, como ficou? — Bash pergunta do outro lado.

— Do mesmo jeito que ficava há décadas.

Bash ri. Nossa irmã solta um impaciente *tsc-tsc*.

— Então, se vocês já terminaram… — ela diz.

Saio de trás do biombo.

Bash vem ao meu lado.

— Caraca, estamos lindos de morrer.

Vestimos nossas casacas azul-royal, com folhas douradas bordadas na frente, ao redor das mangas e nos ombros, quase como uma armadura.

Não discordo de estarmos lindos, mas não gosto de me vestir como um brinquedinho da minha mãe. Ser exibido pela corte real como moeda de troca. É assim que me sinto agora, como se Tink estivesse nos usando como meios para conseguir um fim. Só não tenho certeza de qual será o fim. Ou, ainda mais preocupante, quais são os meios.

Tilly nos observa de cabeça erguida.

— Vocês parecem príncipes de novo.

— Sempre fomos príncipes, Tilly Willy — diz Bash.

A umidade imediatamente brota em seus olhos ao ouvir o antigo apelido que tínhamos para ela. Tilly Willy, como os insetos que encontrávamos aninhados entre pétalas macias de flores. Insetos bonitinhos, com manchas de cores vibrantes nas costas, mas que também têm ferrões. Assim como eles, Tilly sempre esteve disposta a ferroar à menor infração. Não deveria ter ficado surpreso quando ela nos baniu.

— "Vossa Graça" para vocês — ela me lembra, balançando os ombros para trás.

— É claro.

Callio entra no cômodo, claramente apressada.

— Vossa Majestade — ela diz, fazendo uma reverência, e, então, olha para nós.

Os príncipes banidos não recebem saudações formais, mas Tinker Bell nos prometeu que nosso exílio estava terminado, e agora, em nossos trajes reais, isso não pode ser negado.

— Vossas Altezas Reais — ela acrescenta e se curva para nós.

Sempre odiei a pompa de ser da realeza e achava todas as cerimônias, inclusive ser saudado por títulos reais, insuportáveis.

Agora, porém, não se trata apenas de ser cumprimentado. É um símbolo do que mudou.

— Você é requisitada na sala do conselho — Callio diz à rainha.

— Til — começa Bash —, será que podemos conversar um minutinho?

— Talvez mais tarde — diz ela, torcendo os dedos na frente do corpo. — Vocês dois estão lindos e... estou feliz que estejam aqui — ela acrescenta e sai apressadamente.

Bash suspira.

— O que queria dizer a ela?

— Eu queria tentar colocar algum juízo na cabeça dela.

— Está desperdiçando seu fôlego.

Fico diante do espelho dourado de corpo inteiro e endireito o broche de ouro em meu colarinho. Meu irmão vem por trás de mim e afasta minhas mãos, soltando o broche para ter certeza de que está em linha reta.

— Por um lado, acho que foi bom ela nos deixar. É a oportunidade perfeita para irmos ao cofre. — Ele balança as sobrancelhas sugestivamente.

— Nada de gracinhas — eu o advirto.

Ele assente, mas sei que isso não significa nada para o bastardo.

Esperamos alguns minutos, só para ter certeza de que Tilly não voltará por algum motivo ou outro. Quando espiamos para fora do *closet*, vemos as duas extremidades do longo corredor vazias.

— A barra tá limpa — Bash sussurra e sai.

Somos meninos de novo, esgueirando-nos furtivamente pelo palácio, em alguma missão clandestina.

Seguimos silenciosamente até o fim do corredor e viramos à esquerda.

Embora já tenham se passado muitos anos desde a última vez que estivemos aqui, conhecemos cada curva dos corredores amplos e arqueados, sabemos aonde todas as portas fechadas levam, os segredos escondidos atrás da madeira espessa.

Lanternas brilhantes criam poças de luz no chão de pedra à medida que avançamos cada vez mais fundo na ala real, passando por uma longa fileira de retratos a óleo de nossos há muito falecidos ancestrais em seus mais finos trajes reais, alguns parecendo severos, outros poderosos, alguns com um brilho nos olhos, como se estivessem se esforçando muito para não rir.

À nossa direita, passamos por um corredor que leva à enfermaria e ao boticário, e Bash faz uma pausa diante dele.

— O que está fazendo? — sussurro-grito para ele.

— Ah, maninho... seria uma pena não deixar a Darling experimentar uma garrafa de lubrificante de fada. Né?

— Bash! — Eu inclino a cabeça, reprimindo-o com o meu melhor olhar de não-estrague-tudo.

Ele entra andando de costas no corredor, sorrindo para mim.

— Bash!

— É só um segundo! — Ele se vira e sai correndo pelo corredor, passando por várias janelas com vista para o jardim abaixo que deixam vazar recortes quadrados do luar difuso.

Sua risada ressoa.

— Maldição! — murmuro e corro atrás dele.

Quando morávamos no palácio, uma fada verde chamada Mead supervisionava o boticário. Ela era uma mulher experiente, muito mais jovem que Nani, mas que passara horas e horas ouvindo as histórias e os conselhos de Nani sobre como colher e criar tinturas, pomadas e óleos mágicos.

Eu gostava de Mead, por mais que ela venerasse Nani e, às vezes, monopolizasse o tempo dela.

Bash e eu sempre fomos ávidos pela atenção de nossa avó. Nunca recebemos muito afeto de nossos pais, então tivemos de procurar em outro lugar. Nani sempre esteve disposta a nos tolerar, mesmo quando éramos dois pestinhas, mas ela tinha uma vida além de nós e, quando precisava, mandava-nos embora.

Encontramos a sala do boticário quieta e escura. Se Mead ainda é a responsável por ele, tenho certeza de que está na festa aproveitando uma pausa.

O cômodo está exatamente como eu lembrava, com uma janela ampla à esquerda que funciona como estufa para as plantas, as prateleiras repletas de pequenos vasos de flores e ervas. No centro, uma longa mesa de trabalho com a base de madeira desgastada, o tampo de mármore manchado, mas ainda macio ao toque.

À direita, prateleiras e mais prateleiras com garrafas de vidro âmbar.

Bash passa os dedos pelos rótulos, procurando o lubrificante mágico.

Vou até a mesa de trabalho e colho uma flor azul-claro de um miosótis replantado. Nani costumava chamá-los de não-me-esqueças.

— Quer ouvir algo estranho? — pergunto ao meu irmão.

Ele continua sua busca pelos frascos.

— Claro.

— Esqueci como a Nani era.

Bash para de procurar. Olha para mim de cenho franzido.

— Sabe que... eu também não me lembro direito. Tipo, eu a vejo em minha mente quando penso nela, mas suas feições são confusas, meio indistinguíveis. — Ele ri. — Consigo ouvir a voz dela, no entanto. Clara como o dia: "Pouco me importa que vocês sejam príncipes. Quando estiverem perto dos meus ouvidos, vão se comportar como dois cavalheiros".

Eu rio também.

— "Se quiser colher poder de verdade, aprenda a cultivar um tomate!"

Meu irmão se vira e cruza os braços.

— Eu me pergunto por que ela nunca posou para um retrato. Não consigo me lembrar de uma única imagem que já tive dela. Tink fez uma dúzia de retratos. Era impossível virar uma esquina sem ver nossa mãe retratada em pinceladas.

Penso no contraste entre minha avó e minha mãe, e tenho dificuldade de assimilar o fato de que, de certo modo, meu irmão e eu somos um ponto de convergência entre elas. Partes iguais de Tink e de Nani, duas mulheres muito diferentes.

Esmago as pétalas da flor entre os dedos e o óleo penetra na minha pele. Não-me-esqueças são tradicionalmente oferecidas a uma pessoa que se ama. É uma promessa ou um lembrete. *Nunca me esqueça.*

Mas, e se você se esquecer de si mesmo, de quem era e de quem queria ser?

E se você pensasse que sabia o que queria apenas para descobrir que estava tateando cegamente, em busca de algo que, uma vez adquirido, não parece mais tão importante?

Recuperar minhas asas fará eu me sentir completo novamente?

Quero estar livre dessa busca.

— Vamos — digo ao meu irmão. — Vamos entrar no cofre e encontrar os receptáculos.

Bash examina a última garrafa e finalmente encontra o que procura. Ele ergue o vidro âmbar e dá uma sacudidela.

— Achei. A Darling vai adorar isto aqui.

Reviro os olhos, mas, honestamente, ela decerto vai adorar mesmo. Esse treco é incrível.

Saímos do boticário e voltamos ao corredor principal, ainda o encontrando vazio. Corremos pelo resto do caminho, cortando para a esquerda, depois para a direita e depois para a esquerda, até estarmos no subsolo novamente, as sombras mais densas, o ar mais frio.

Paramos diante das grandes portas duplas. Há uma esfera brilhante na trava. É magia de fada, uma fechadura impenetrável que só se abre para alguns poucos selecionados.

Bash e eu tínhamos acesso. Será que ainda temos?

Parece improvável, mas não custa tentar...

Quando coloco minha mão sobre o orbe, a energia dentro dele se condensa e brilha em uma cor azul brilhante.

E a fechadura é destrancada.

17

BASH

PARECE FÁCIL DEMAIS O COFRE SE ABRINDO PARA NÓS DEPOIS de todo esse tempo.

Mas quem sou eu para questionar a sorte?

Empurro as portas. As dobradiças rangem alto. As portas são três vezes mais altas que nós, e Kas e eu temos de empurrar juntos para conseguir abri-las.

O cofre se estende escuridão adentro, e há apenas dois lampiões acesos na entrada, pendurados em suportes de metal.

Fechamos as portas assim que entramos, e cada um pega um lampião.

— Você vai pela esquerda, eu vou pela direita? — Kas propõe.

— Pode ser.

Tento afastar qualquer expectativa e me concentrar apenas na magia da sala. As prateleiras estão dispostas em fileiras, criando corredores entre cada uma delas. Começo pelo primeiro corredor, passando por estatuetas mágicas, folhas encantadas e potes lacrados com os dizeres NÃO ABRA.

Consigo sentir a magia fluindo nos recipientes, algumas leves e felizes, outras trevosas e sinistras.

Se tivesse que descrever a sensação da magia de minhas asas, não sei se encontraria as palavras certas. É realmente um daqueles cenários só-vou-saber-quando-sentir.

O corredor seguinte tem vários livros encadernados em couro, um chapéu pontudo e um pé de sapato feito à mão. Ando por vários deles, erguendo o lampião para que a luz se espalhe por toda parte.

— Encontrou alguma coisa? — pergunto, minha voz ecoando na escuridão.

Ainda não — Kas responde.

Começo a ficar preocupado quando estamos na metade do cofre. Eu esperava ser atraído diretamente para as minhas asas e os receptáculos em que estão retidas, tal e qual um elefante farejando água a muito quilômetros de distância.

Mas não sinto nada. Apenas o zumbido de fundo de magia, que não é a minha.

Kas e eu estamos quase no fundo do cofre, faltando somente alguns corredores para procurar, quando nos encontramos no corredor principal.

— Estou ficando ansioso — admito.

A luz do lampião pisca no rosto do meu irmão. Ele não precisa dizer nada para eu saber que também sente o mesmo.

— Só mais alguns corredores — ele diz e desaparece no próximo.

Resmungo e continuo procurando.

Sigo por um corredor, depois pelo próximo, passando tesouro após tesouro mágico, mas nada soa como pertencente a mim.

Quando Kas e eu nos encontramos novamente na parede dos fundos, não há mais esperança.

Nossas asas não estão aqui.

— Tink provavelmente sabia que iríamos procurar — diz Kas. — Encontrei um espaço vazio nas prateleiras, mas não creio que nossas asas estivessem lá.

— Mostre-me.

Ele me leva de volta três prateleiras. A terceira prateleira do chão está vazia de ponta a ponta.

Há ganchos embutidos na madeira, como se vários itens duplicados ficassem pendurados ali.

— O que costumava ficar aqui? — pergunto.

— Me deu um branco — Kas dá de ombros —, mas a magia residual não parece a nossa.

Tenho de concordar. É uma magia mais pesada.

— Acho que não poderia ser tão fácil, né? — brinco, mas estou preocupado.

Uma sensação ruim me sobe pela garganta.

— Acho melhor voltarmos — diz Kas, pendurando o lampião ali mesmo antes de caminhar de volta para a entrada.

18

PETER PAN

Estou bêbado e Vane está puto, mas não estou nem aí. Nada mais importa, não é?

Tudo não passa de uma maldita mentira.

Agora, com a Darling de volta entre nós e o Crocodilo desaparecido, sem dúvida tendo deslizado de volta para algum buraco úmido, Vane me leva da sala do trono para a sala de jantar. A música é mais baixa aqui, apenas um som ambiente vibrando pela sala. As vozes ecoam ao longe — risos, bajulação e alegria.

A felicidade deles me dá vontade de gritar.

E pensar que eu achei que era uma criança nascida de um poder primordial da Terra do Nunca...

Patético, agora que penso nisso.

Meus pensamentos ficam mais sombrios, e pego uma taça da bandeja de um garçom que passa. Engulo o vinho antes que Vane perceba minha rebeldia.

— Dá para parar? — ele me diz e arranca o copo da minha mão.

— Por que isso importa? — devolvo a pergunta.

— De que diabos você está falando?

Faço um gesto descontrolado para o salão lotado. O teto é abobadado e está coberto de vinhas aqui também, como na sala do trono. Mas não há plataforma, nenhuma majestade no espaço além de seu tamanho. Mais arandelas penduradas nas vinhas, lançando uma luz pulsante sobre a sala.

— Pan. — A Darling pega minha mão e aperta. — O que foi que Tinker Bell te disse?

Eu bufo e me sento no assento vazio mais próximo de uma longa mesa de jantar. Há uma peça central de flores e musgo, com miosótis, crossandras e lírios orientais.

Vane senta-se à minha frente, e a Darling senta-se à minha direita, com a mão ainda na minha.

— Mais vinho! — grito com qualquer um que queira ouvir, e um criado se aproxima com sua bandeja.

— Não — diz Vane. — Chega de vinho.

O garçom hesita, sem saber quem está no comando. Claro que sou eu. Estalo meus dedos e ele se aproxima. Vane faz seu olho violeta ficar preto, o cretino, e o criado dispara para longe.

— Por que você é tão irritante? — pergunto-lhe.

— O que Tink te disse? Por que está agindo como um babaca chorão?

Resmungo e afundo no encosto da cadeira. Não posso contar a eles. Para nenhum deles. Que o poderoso Rei do Nunca não é tão poderoso. Sem a sombra, não sou nada, tal como temia.

As palavras dos espíritos ecoam mais uma vez em minha cabeça.

Na escuridão, mergulhado.

Eu não mereço a sombra. Era isso o que eles estavam tentando me dizer.

Talvez eu devesse dar a sombra para Tink e acabar logo com todo esse sofrimento. Deixar que ela faça o que bem entender. É o que ela sempre quis, não é? Ensinar-me uma lição porque não me curvei à vontade dela. Cerro os dentes, pensando na lição que ela poderia tentar me ensinar agora, se eu não lhe der o que ela quer.

E o que Tink quer... é o que os espíritos querem? Se eles a mandaram de volta, será que a enviaram com uma missão? *Arranque a Sombra da Terra do Nunca de Peter Pan e dê a alguém que realmente fará bom uso dela.*

A Darling pega minha mão e a coloca em sua coxa nua. O calor e a maciez de sua pele me tiram da minha miséria.

— Continue me tocando — ela diz. Eu engulo em seco.

— O que quer que Tinker Bell tenha dito, nós daremos um jeito — diz ela.

Inclino a cabeça em sua direção, pressionando os dedos em sua carne.

— Desta vez não creio que vamos dar um jeito, Darling.

Ela puxa minha mão para mais perto de seu centro.

— Você é o poderoso Peter Pan. Claro que vai.

Eu tive uma mãe.

E ela me abandonou.

Talvez eu nunca devesse ter tido a sombra. Talvez sempre tenha havido alguém melhor.

A Darling levanta mais a saia, puxando minha mão até a costura de sua calcinha. E se inclina:

— Deixe Vane assistir pelo menos uma vez.

Olho para ele do outro lado da mesa. O Sombrio está encostado na cadeira, o corpo ligeiramente relaxado, de olho em nós. Ele me dá um leve aceno de cabeça.

Como se eu precisasse de sua permissão.

Deslizo por dentro da calcinha da Darling e sinto o calor de sua xotinha. Ela suspira alto, as pálpebras pesadas.

Se não há mais nada, pelo menos ainda há isso. Posso me perder aqui, agora, antes de perder todo o resto.

A Darling estende a mãozinha por baixo da mesa e aperta minha coxa, afundando os dedos em minha carne enquanto eu a provoco, circulando sua boceta, sem nunca a tocar.

Ela se reajusta na cadeira, abrindo mais as pernas para mim e se aproximando da protuberância crescente entre minhas pernas.

Se eu apenas me concentrar nela, posso esquecer todo o resto. Posso até ignorar o quão perigoso é estar bêbado no palácio fae, provocando minha menina Darling.

O calor aumenta entre as coxas da Darling e, quando finalmente desisto e deslizo meu dedo para dentro de sua fenda, não fico surpreso ao encontrá-la encharcada.

Eu me inclino, a boca na curva de sua orelha.

— É esperma do Vane que está vazando de você, Darling?

— Sim. — Ela lambe os lábios.

Se eu me concentrar nela, em suas palavras, em seu calor e na sensação elétrica de seu prazer irradiando por minha pele, talvez possa esquecer que tudo está desmoronando ao meu redor.

Tiro a mão da calcinha dela e passo meu dedo molhado em sua própria umidade por seu lábio inferior.

— Prove — eu lhe ordeno.

Winnie desliza a língua sobre o lábio, limpando a bagunça.

— Cheia de porra de Garotos Perdidos, como sempre.

Seu olhar é ardente, e sinto sua sombra se contorcendo sob a superfície.

Vane se apruma na cadeira.

— É melhor irmos.

— Sim — a Darling concorda.

— Ainda não vimos os gêmeos — eu os lembro.

Vane inclina a cabeça para a esquerda, os olhos ainda em mim.

Sigo a direção de seu gesto e vejo os gêmeos andando no meio da multidão, abrindo caminho até nós. Estão tão taciturnos quanto eu.

Quando chegam à nossa mesa, Kas apoia as mãos na beirada e se curva.

— Não encontramos nada.

Nada de asas. Nada de receptáculos. Estou começando a pensar que Tink nos convidou aqui só para me eviscerar com seus segredos. Ela queria testemunhar a carnificina com os próprios olhos.

— Mas não foi uma expedição totalmente desperdiçada — diz Bash, mostrando uma garrafinha âmbar.

A Darling se anima, excitada.

— O que é isso?

— Lubrificante de fada — responde Bash. — Diferente de tudo o que você já experimentou.

É claro que Bash consegue encontrar um lado positivo em qualquer coisa. Nada de asas? Lubrificante servirá.

Às vezes, queria ter seu otimismo ou sua capacidade inabalável de *fingir*.

— Momento perfeito — digo a ele. — Estávamos mesmo falando que é hora de ir para casa e comer a Darling até ela nos fazer esquecer que...

Até ela me *fazer esquecer que tudo que eu pensava que sabia é mentira.*

A Darling e Vane me observam com olhares penetrantes. Eles estão conectados um ao outro pela sombra compartilhada, mas também estão conectados a mim, em uma frequência mais baixa e mais silenciosa. Mas, ainda assim, conectados.

Sorrio, tentando esconder ao máximo o que estou pensando.

— ... esquecer que está nevando — termino. — Vamos nos aquecer no calor da boceta da Darling.

Bash se aproxima de Winnie e solta seus cabelos do elaborado coque. As madeixas se desenrolam por suas costas, até que Bash as enrola nos nós dos dedos e puxa a cabeça dela para trás, expondo a coluna leitosa de seu pescoço. Então, passa a outra mão em volta da garganta dela, bem na base de seu queixo.

— Darling, você já imaginou, em seus sonhos mais loucos, que seria fodida por quatro homens ao mesmo tempo?

Ela responde ofegante, mas animada.

Estava na minha lista de desejos.

Bash começa a rir e a solta, oferecendo uma mão cavalheiresca.

— Então vamos, seus desejos são ordens. Não os atrasemos.

Ela pega a mão dele, levanta-se da cadeira e ajeita a saia amarrotada.

Os gêmeos nos conduzem pelo salão de jantar, atravessamos o palácio e saímos para a noite nevada. Desta vez, é Vane quem tira o casaco para oferecê-lo à Darling, colocando-o sobre os ombros dela. Ela se aconchega lá dentro.

A luz e o barulho da festa vão ficando distantes conforme voltamos para casa.

Meus ombros relaxam à medida que avançamos na escuridão.

Vane está reflexivo ao meu lado. A Darling está à nossa frente, entre os gêmeos.

Não interrompo seu silêncio por um bom tempo, cogitando o que ele pode me perguntar e como posso responder.

Quando cruzamos a próxima curva do Rio Misterioso e entramos oficialmente em meu território, não aguento mais.

— Vá em frente — digo.

Vane me encara, e o peso de seu olhar é quase sufocante. Acendo um cigarro e dou uma tragada, esperando que ele fale o que pensa.

Quando continua quieto, ofereço-lhe o cigarro, ele enche os pulmões com uma tragada do tabaco e depois exala um suspiro.

— Tinker Bell vai te dizer tudo o que puder te ferir mais profundamente — ele diz enfim.

Adiante, Bash para, e a Darling sobe em suas costas, envolvendo seu pescoço com os braços, as pernas em volta da cintura dele. A risada de ambos ecoa pela floresta.

— Ai, caramba — Kas suspira, enquanto o irmão sai correndo com a Darling como se fossem duas crianças em um parquinho.

— E se o que ela me disse for verdade? — pergunto a Vane, e ele me devolve o cigarro.

— Diga para mim e deixe que eu decida.

Mais à frente, Bash gira a Darling, e o que sobrou de seu vestido se levanta como uma pétala de flor. Ela ri, agarrando-se a Bash com força. Kas corre para se juntar aos dois, incapaz de conter o riso.

A neve diminuiu, mas as estrelas ainda estão escondidas atrás de uma espessa camada de nuvens, e acho que nunca senti tanta falta delas como agora.

Vivendo apenas no crepúsculo por tanto tempo, elas se tornaram minhas companheiras constantes, iluminando a escuridão, guiando-me durante a noite.

Vane me detém no meio do caminho, onde a colina sobe até a casa da árvore.

Pode não haver luar nem estrelas, mas há o brilho distante das lanternas fora da casa, que geram sombras em seu rosto, transformando seu aborrecimento em uma escuridão ainda mais aguda.

— Tinker Bell voltar dos mortos não é uma punição — ele me diz.

Suspiro, o cigarro queimando, preso entre meus dedos.

— Quer me dar ouvidos pelo menos uma vez, pelo amor de Deus?! Às vezes, merdas simplesmente acontecem. Sem motivo e sem ninguém para culpar, muito menos si mesmo.

— Eu sei, Vane, e, às vezes, pessoas más fazem coisas más e têm de pagar por seus delitos.

As palavras dos espíritos me assombram novamente.

A expressão de Vane muda. Ele sabe exatamente do que estou falando. O Sombrio fez muitas coisas obscuras.

É por isso que estamos tão desesperados para nos perder na Darling.

Ela é um bálsamo e, quando estamos com ela, nossas transgressões passadas desaparecem e a dor de velhas feridas doem um pouco menos.

— Vamos. — Jogo o cigarro no chão e o esmago com a bota, persuadindo Vane a entrar na casa. — Vamos foder a putinha da nossa Darling até ela se contorcer em nossos braços.

Ele sabe que não há mais nada a dizer.

Então, respira fundo, dá de ombros e me segue colina acima.

19

WINNIE

QUANDO ENTRAMOS, A CASA ESTÁ CONGELANTE, E MINHA respiração se condensa diante de mim. Aperto o casaco de Vane em torno de meus ombros, e o cheiro dele — âmbar macerado e noites chuvosas de verão — faz eu me sentir aquecida e aconchegada.

Os gêmeos começam a subir a escada para o loft. Vou atrás deles com Vane ao meu lado. Pan permanece no hall de entrada, intrigado. Vane se detém, com a mão no corrimão:

— O que foi?

— Já faz algum tempo que não vejo os Garotos Perdidos. Está tudo tão quieto.

Os gêmeos chegam ao andar de cima. Bash diz que vai acender a lareira enquanto Kas decide abrir outra garrafa de vinho de fada.

— Eles devem estar se divertindo na cidade — diz Vane.

— É, deve ser isso... — Pan nos segue, e, quando nos reunimos no loft, os gêmeos já estão com uma garrafa de vinho aberta enchendo copos, o fogo tremeluzindo na lareira.

— Para comemorar — diz Bash.

— Comemorar o quê? — Vane bufa.

— Foder a boceta da Darling.

— Vou beber a isso — diz Pan e pega um dos copos oferecidos.

— Eu também — digo e pego um copo. Bebo em vários golinhos. Se não tomar cuidado, poderia facilmente me tornar alcoólatra com vinho de fada. A bebida aquece minha barriga e deixa uma doçura ousada em minha língua, fazendo meus olhos lacrimejarem e minha cabeça girar.

Mas ainda estou tremendo de frio.

— Vai demorar muito para aquecer esta sala — diz Kas.

O loft é um grande espaço aberto, com a Árvore do Nunca em uma extremidade, a sala de jantar e a varanda na outra e a cozinha do outro lado, passando por duas enormes portas.

— A biblioteca? — sugiro.

— Tenho uma ideia melhor. — Bash acena para Pan. — Quando foi a última vez que você foi até seu antigo quarto?

Pan está no bar, com um cotovelo apoiado no balcão. Ele já terminou o vinho e passou para o bourbon.

— Faz muito tempo — admite.

— Espere aí... onde fica o antigo quarto de Pan? Eu já vi? É o quarto onde você encontrou a concha mágica da lagoa?

— Subindo outro andar — ele responde e toma mais um gole de bebida.

Não é a primeira vez que moro em uma casa por algum tempo e só então descubro que havia quartos, recantos e fendas que eu ainda não tinha visto.

Certa vez, minha mãe alugou uma casa que tinha um armário que acompanhava a linha do telhado. À primeira vista, parecia apenas um pequeno *closet* para aproveitar o pouco espaço da parede onde o telhado se inclinava. Mas, um dia, peguei uma lanterna e fui examinar lá dentro, e encontrei uma pequena porta no canto que dava para um sótão que havia sido fechado.

Não ficamos muito tempo naquela casa, mas aquele sótão secreto se tornou meu refúgio pelo resto do outono. Até roubei uma lanterna a bateria da loja de um dólar e um cobertor do varal do vizinho, e fiz um cantinho de leitura superaconchegante.

Então, acho que não deveria ficar surpresa em saber que ainda não vi toda a casa da árvore de Peter Pan. Na verdade, agora estou bastante animada com a perspectiva.

— Mostre para mim — digo a Pan.

Seus brilhantes olhos azuis estão distantes novamente, mas ele pisca para focar em meu pedido e pega a garrafa de bourbon.

— Por aqui.

Descemos o corredor que leva à biblioteca e à sua tumba. Sei que há uma escada secreta além da entrada da tumba que leva a uma sala de estar. Nós passamos primeiro. Pan enfia os dedos atrás de uma estante e ouvimos um clique. Ele puxa a estante, que desliza sobre um sistema de dobradiças e rodas, revelando uma escada em caracol de pedra com pequenas janelas circulares nas paredes, para que a luz azulada da noite nevada preencha o espaço com um brilho difuso.

— Ah, meu Deus. Isso é incrível! — Mordo o lábio inferior para me impedir de soltar um gritinho.

— Ah, a Darling gosta de salas secretas, é? — Bash arqueia a sobrancelha. — Vamos colocar isso na lista do palácio que construiremos para ela.

Não seria um sonho? Estamos todos meio bêbados, então não vou lhe cobrar essa promessa.

— Quem vai primeiro? — pergunto.

— Vá em frente, Darling — diz Pan, com um sorriso quase imperceptível, levantando o cantinho de sua boca perversa.

E só de pensar nessa boca perversa fico toda tensa de excitação.

— Ela já está pensando em dar pra gente — diz Vane.

— Ei! Pare de ler minha mente.

— Peraí, vocês conseguem ler a mente um do outro? — Bash pergunta.

— Não — respondo e dou o primeiro passo. — Mas a sombra nos conecta com as emoções um do outro. E Vane é particularmente bom em interpretar as minhas.

— O que o Sombrio está sentindo agora? — Bash pergunta, apoiando o ombro na parede de pedra da entrada.

Analiso Vane, parado mais atrás, ao lado de Pan, com os braços cruzados à frente do peito, uma expressão pétrea, praticamente me desafiando a lê-lo.

Ele está fechado de novo, como sempre, o canalha.

Para Bash, eu digo:

— Sabe quando uma criança está em um parque de diversões, sentada em um banco devorando um algodão-doce gigante, com a mão toda pegajosa, voraz para comer o doce e explodindo de alegria?

— Claro — diz Bash.

— É assim que Vane está se sentindo agora.

Kas tenta conter a risada, mas ela sai de qualquer maneira, e Vane faz uma careta para ele.

— Darling, Darling... — diz Vane, estreitando os olhos. — Farei você pagar por essa língua malcriada.

— Ohhhhh — diz Bash. — Deixe-me amarrá-la primeiro para você fazer o que quiser com ela.

Imediatamente, sem fazer perguntas, estou pingando de tesão.

Por que esses meninos têm tanto controle sobre mim? Por que meu corpo fica imediatamente encharcado toda vez que eles prometem me tratar como uma puta sem-vergonha?

Vou fingir que não há uma guerra se armando silenciosamente no horizonte e deixar que me tratem como uma puta, uma vadia, porque tudo o que eu quero é sentir o prazer e o frenesi de ser usada por homens que me amam o bastante para saber exatamente o que quero, do que preciso e como gosto.

— Então vamos logo — digo e subo as escadas curvas, adentrando as sombras.

20

WINNIE

KAS ESTÁ IMEDIATAMENTE AO MEU LADO QUANDO TROPEÇO na entrada do quarto secreto. Tem mais luz aqui do que eu esperava, mas não saber onde estou entrando me faz hesitar.

A escada de pedra termina em um piso de madeira e, quando olho para o teto, cambaleio, boquiaberta com o que vejo.

— Ah, meu Deus — suspiro. O teto inteiro é um domo de vidro sustentado por uma estrutura de ferro no formato de favos de mel.

O céu ainda está encoberto pelas nuvens, e fico desapontada por não poder ver o céu do crepúsculo através das vidraças.

Deve ser maravilhoso quando a noite está limpa.

Lampiões estão acesos ao redor do quarto, e Kas retira a poeira e os detritos da lareira feita de pedra e sedimentada com barro cinza.

Eu giro, tentando absorver cada detalhe. Este cômodo, na verdade, é mais que um quarto. Há uma escada em uma parede curvada que leva até uma plataforma onde há outra janela gigante no formato de uma bolha. De lá, uma pequena ponte de corda vai até outra plataforma onde muitas almofadas estão dispostas no chão na frente de um telescópio. Outro lance de escadas leva até um nicho repleto de estantes de livros encadernados em couro. E, por último, mais um lance de escadas leva até uma imensa plataforma circular cercada por uma balaustrada.

Essa plataforma está tão no alto que não consigo ver o que há nela, mas é a mais próxima do domo e me pergunto se é onde está a cama.

— Acenda o fogo — ordena Pan ao me agarrar em seus braços, trazendo-me para seu calor.

Kas já está a postos, agachado diante da lareira empilhando gravetos e madeira de uma caixa ali ao lado. Vane lhe passa o isqueiro e, em questão de segundos, o fogo crepita.

Fico circulando pelo tapete surrado no chão, sedenta por mais detalhes da vida de Peter Pan.

Sob uma das plataformas sustentada por dois pilares, há um sofá de veludo verde e mais livros empilhados embaixo de duas janelinhas. Há um vidro cheio de nozes bolota e outro cheio de conchas e pedrinhas.

Bem atrás de mim, há uma escrivaninha com um banco de madeira fora do lugar, como se Pan o tivesse largado ali décadas atrás e nunca se importado em empurrá-lo de novo para baixo da mesa. Sobre o tampo, uma pena jaz sobre um suporte de cristal com um potinho de tinta fechado ao lado de algumas folhas de pergaminho com as pontas enroladas.

— Gostei deste quarto — digo a Pan conforme ele se achega ao meu lado.

Ele olha ao redor.

— Parece outra vida.

Sento-me na beirada da escrivaninha, torcendo para que a madeira e os parafusos tenham resistido ao teste dos anos.

— Você já trouxe alguma garota aqui?

Pan se aproxima, aconchegando-se entre minhas pernas.

— Você é a primeira.

— Que sorte a minha.

Ele levanta meu queixo e me beija com delicadeza, nossas línguas se encontrando. Minha vagina palpita com sua atenção e a promessa do que está por vir. Outro beijo e eu gemo em seus lábios.

— Bash — ele chama —, deixou a corda pronta?

Ouço seu risinho safado atrás de Pan.

— Você sabe que sim.

Pan me beija de novo, os dedos ágeis desabotoando as costas do meu vestido. Sinto cada um deles sendo aberto e o vento frio soprando em minha coluna.

Quando termina, Pan pega minha mão e me retira da beira da mesa, e o vestido, desabotoado e sem qualquer ilusão que o mantenha no lugar, desliza rapidinho do meu corpo.

Os garotos não conseguem desviar o olhar.

— Caralho, Darling! — diz Bash, segurando uma corda enrolada. — Nunca fui tão feliz quanto estou agora. Você é divina.

Por trás de mim, com as mãos em meus quadris, Pan vai caminhando comigo até o sofá.

— De joelhos nas almofadas — ele ordena. — De frente para o encosto.

Faço o que ele manda, e Bash não perde tempo para passar a corda pelos meus punhos e amarrá-los aos pilares que sustentam a plataforma.

Alguém — Kas, eu acho — vem por trás de mim e põe uma tira de tecido diante de meus olhos, amarrando atrás de minha cabeça.

— Vamos fazer um jogo, Darling — diz Pan. — Se conseguir adivinhar de quem são as mãos, de quem são os lábios que te tocam, ganha uma recompensa. Se errar, leva um castigo.

Engulo em seco, ameaçando soltar um gemidinho agudo de excitação.

— Está bem — respondo e me ajeito no sofá, as cordas rangendo.

Todos eles ficam em silêncio atrás de mim, e eu espero e espero.

O primeiro toque é no meu ombro, uma carícia delicada que me dispara arrepios na espinha. O toque desce por minhas omoplatas, então contorna minhas costelas, e eu engulo um suspiro quando a mão vem de lado, roça meu mamilo e o belisca, lançando uma onda de prazer e dor por todo meu corpo.

Sinto a outra mão na minha bunda, apertando gentilmente a carne macia, e já estou tão molhada que mesmo o toque mais sutil já faz minha boceta zunir de tesão.

— Kas — digo de supetão.

A mão pega meu pescoço e me empurra para baixo, forçando--me a empinar a bunda.

— Errou! — diz Bash, lascando um baita tapão nas minhas nádegas.

Solto um gritinho de surpresa e, conforme a ardência diminui, a excitação aumenta dentro de mim.

Um dos outros assume o lugar de Bash quando ele se afasta, e minha mente está a mil, tentando ouvir os passos, tentando prestar atenção ao calor e à respiração. Acho que tenho uma vantagem com Vane porque a sombra consegue senti-lo, mas ela ou ele me confundem com a segunda carícia, essa mais bruta, agarrando--me pelo pescoço e me mantendo imóvel, as cordas afundando em minha carne.

Lábios se pressionam em minhas costas, e eu estremeço conforme os beijos descem e descem pela minha coluna.

— Vane — arrisco, pensando que a sombra está perto.

Paft! Outro tapão e eu aperto a bunda.

— Errou! — diz Pan.

Não sei dizer se estou ganhando ou perdendo aqui. Sinto a presença de alguém diante de mim, às costas do sofá.

Ele se inclina para a frente, mãos na minha cintura, subindo, tocando minhas costelas, o polegar roçando a parte de baixo do meu peito e, então, brincando com meu mamilo.

Sua boca afunda em meu outro seio, circulando o mamilo duro com a língua. Eu sibilo, primeiro por causa do toque frio e depois pelo calor e pelo prazer.

As cordas gemem.

Não quero adivinhar ainda. Quero prolongar o momento.

Ele morde meu mamilo como se para me coagir a adivinhar, então sua mão desliza por meu ventre plano, parando ao chegar ao triângulo carnudo entre minhas pernas.

Ele se detém ali, e meu corpo protesta. Mexo o quadril na tentativa de criar fricção entre nós, mas ele percebe e rapidamente tira a mão.

— Kas — digo.

Ele se inclina até meu ouvido:

— Muito bem, Darling.

Kas dá a volta no sofá e escuto o chão ranger quando ele se senta e desliza para ficar entre minhas pernas e engancha os braços nas minhas coxas.

— Senta na minha cara, Darling, e me deixa te dar sua recompensa.

Não precisa falar duas vezes. Ponho o peso para baixo e desço.

A boca de Kas na minha xana é tudo de que eu precisava. Ele beija meu clitóris e me lambe, gemendo em mim.

De repente, Pan está atrás de mim.

— Qual é o gosto dela, príncipe?

— Doce, doce pra caralho ele responde e, então, bota a língua para fora, saboreando-me mais a fundo.

— Não deixe ela gozar ainda — Pan ordena, sua voz ficando mais para o fundo da sala.

Respiro ofegante enquanto Kas me fode com a língua, um lento tira-gosto da minha lubrificação.

Ah, meu Deus. Jamais vou dar conta dos quatro de uma vez.

O chão range quando outro deles se aproxima e agarra meu pescoço, forçando meu queixo para cima. Os dentes dele roçam meu ponto pulsante, então me belisca e meu corpo instintivamente se curva sobre si mesmo, mas ele não deixa.

Com a mão firme na minha garganta, ele me mantém aberta para si, mordendo, beijando e beliscando até me deixar toda trêmula sobre a cara de Kas, que continua devorando minha xota.

O prazer me inflama, pronto para incendiar.

— Nossa, ela tá me ensopando — diz Kas. — Quem está nas suas costas, Darling?

Vane. Bash. Pan. Quem é? E importa?

Kas sai de debaixo de mim, mas se senta no sofá e me deixa montar nele. O calor irradia do seu pau grosso e duro, e eu me provoco, esfregando-me na parte inferior de sua pica.

Meu grelo está inchado de tesão.

— Adivinhe, Darling, e eu deixo você gozar se prometer que vai gozar de novo.

— Sim — digo choramingando. — Por favor.

— Vá em frente — ele diz.

— Pan — respondo.

— Boa menina — diz a voz rouca de Pan em meu ouvido. — Soca dentro dela, Kas. Faça doer.

Kas mexe o quadril, ajustando sua posição, e, em seguida, atola a rola tão fundo dentro de mim que chego a ver estrelas.

— Oh, meu Deus. — Pan me segura contra ele enquanto Kas mete rápido e forte, meus peitos balançando conforme nossos corpos se chocam um contra o outro.

— Cacete, Darling. — Kas respira pesado, socando em mim. Eu rebolo para a frente, friccionando meu grelo contra ele.

— Goza no pau dele! — Pan ordena. — Mostra pra gente que você sabe ser uma putinha safada.

O prazer cresce como uma nuvem de tempestade. Kas segura forte em meus quadris e mete bem fundo, descarregando-se dentro de mim.

Pan me empurra para a frente, colocando a mão sobre a mão de Kas em meu quadril, praticamente me esmagando contra ele, e o orgasmo me parte ao meio, incendiando nervos, músculos e ossos.

Afundo contra as cordas, contra Pan e Kas, e o pau de Kas lateja, espirrando o resto de sua carga.

— Ainda não terminamos contigo — Pan me diz. — Até o fim da noite, Darling, vamos penetrar cada orifício e te fazer gozar no mínimo mais duas vezes. — Solto um gemidinho quando ele beija a minha orelha. — Você entendeu?

— Sim.

— Boa menina. — Ele estala os dedos. — Tragam-me o lubrificante.

Kas se levanta do sofá, mas seu lugar é logo ocupado por outro.

O frasco é aberto, e Pan pinga várias gotas na minha bunda. O calor se irradia por minha pele, seguido pelo prazer, à medida que o lubrificante se espalha como água-viva, em marolas de carícias suaves.

— Caraca! — digo, pega de surpresa. — Esse lubrificante é fantástico.

Sinto a cabeça da rola de Pan brincando com meu ânus.

— Sente-se mais para a frente — ele comanda, e eu faço o que ele manda, e quem está no sofá agarra minha bunda e me arreganha para Pan.

O cara no sofá afunda a pica lentamente dentro da minha boceta enquanto Pan começa a enfiar a rola no meu cu, e, com o lubrificante, ele desliza facilmente para dentro.

Mais alguém se aproxima do sofá, de frente para mim.

— Abra a boca, Darling. — Pan puxa meu queixo com o polegar. — Quero te ver engasgando com rola enquanto eu como o seu cuzinho.

Abro os lábios, obediente, e sou imediatamente sobrecarregada pelo tamanho do pênis que entra na minha boca. Agora estou com todos os meus três buracos preenchidos.

— Uma última adivinhação — diz Pan, metendo fundo na minha bunda. — De quem é o pinto na sua boca e de quem é o pinto na sua boceta? Cuidado ao responder. Se errar, não vai gozar de novo.

Gemo ao sentir a cabeça do pau grosso que fode minha boca latejando sobre minha língua.

Não consigo pensar direito. Nem quero pensar em nada. Só quero sentir. Perder-me no prazer.

— Vá em frente. — Pan sai de mim e eu gemo ao redor do pau na minha boca antes que ele também desapareça. Respiro ofegante. Recupero o fôlego.

— Bash está na minha boceta — respondo, e ele grunhe, metendo até as bolas dentro de mim.

— Isso aí, caralho, tô mesmo! — ele diz.

— Vane está fodendo minha boca.

A venda é retirada. Bash me sorri, completamente sentado dentro de mim.

Vane agarra meus cabelos e me obriga a olhar para ele:

— Você é uma putinha tão boazinha, Win. Agora, deixe-me foder essa boquinha linda até eu gozar na sua garganta.

Respiro excitada quando sua rola roça meus lábios de novo.

Pan e Bash encontram um ritmo, comendo minha boceta e meu cu enquanto Vane fode minha boca.

— Kas — Pan o chama —, deixe a Darling de pernas bambas de tanto gozar.

Uma trepadeira começa a se enrolar em minhas coxas, então desliza sobre minha xana, a folhagem macia provocando meu ponto mais sensível.

Kas está ao meu lado, trabalhando sua magia fae, com o lubrificante de fadas em mãos. Ele pinga várias gotas em meus seios, e a loção gira em torno de meus mamilos, arrancando um gemido do fundo do meu peito.

Mais gotas caem sobre minha barriga, e Kas as espalha por meu ventre, deslizando os dedos até meu clitóris.

Gemo loucamente e Vane sibila, metendo mais forte, mais forte, mais forte na minha boca, até encher minha garganta de uma quantidade impossível de porra. Tanto que chega a pingar e a escorrer pelo meu queixo.

Os dedos de Kas se juntam aos raminhos, estimulando meu grelo onde já estou tão molhada de meus próprios sucos e do lubrificante.

Não conseguiria me segurar nem se eu tentasse.

O orgasmo me atinge com a força de um vendaval. Eu me debato e as cordas rangem. Vane puxa meus cabelos, mantendo minha boca cheia de sua rola.

— Puta merda, Darling, sua bocetinha tá apertada demais no meu pau — diz Bash.

Meu corpo quer se curvar com a força do orgasmo, mas, restrita do jeito que estou, sou obrigada a permanecer aberta, cavalgando o prazer sem esconder.

Bash me faz pular em sua pica quando Vane tira o pau da minha boca, sua porra escorrendo pelo meu queixo.

— Ah, isso, assim, porra! — Bash geme, gozando dentro de mim.

Estou amarrada aos pilares, mas, caralho! Estou voando como se tivesse saído do meu corpo.

— De novo — Pan ordena, e Kas deixa as gavinhas da trepadeira se espalharem, selvagens, instigando meu clitóris sem dó. Estou tão superestimulada que meus nervos pegam fogo, o prazer se misturando à dor.

Pan me dobra para a frente, para conseguir meter mais fundo no meu cu, segurando meus quadris e me puxando com força para si.

Vejo estrelas dançando atrás de minhas pálpebras cerradas. Cada nervo do meu corpo incendiando. Cada músculo latejando de prazer.

Meu clitóris pulsa quando outra onda de prazer ameaça arrebentar.

— Goza para mim, Darling — diz Pan. — Goza para mim enquanto eu encho seu cu de porra.

Suas palavras bastam para a onda me engolfar.

Grito, e Pan dá a estocada final, gemendo ao disparar todo seu sêmen dentro de mim.

Eu me contraio, respirando entre o prazer e a dor, tentando voltar ao meu corpo. Não quero perder um segundo disso.

Tenho a respiração pesada, estou suando, cheia de porra, enquanto Pan libera mais um jorro antes de cobrir meu corpo com o seu.

— Que trepada maravilhosa — diz Bash debaixo de mim.

— Desamarrem-na — diz Pan, cambaleando para trás.

Eu me largo nas cordas enquanto Bash e Kas desamarram os nós. É Vane quem me pega e me levanta, aninhando-me em seus braços.

— Você fica belíssima quando está sendo fodida, Win — ele diz, a voz ecoando dentro de mim.

Ele me carrega para cima, subindo e subindo até chegarmos à plataforma mais alta, ocupada por uma enorme cama, na qual ele me deita.

Bash sobe alguns momentos depois com um pano molhado e morno.

— Abra para mim, Darling — ele diz e, então, limpa-me gentilmente.

Kas vem na sequência com um copo de água gelada e me incentiva a beber.

Peter Pan vem por último com uma camiseta enorme nas mãos, meio amarelada pelo sol, mas tem o cheiro dele, de raios de sol e luz das estrelas, tudo ao mesmo tempo.

— Braços para cima — ele me diz, eu não discuto. Ele veste a camiseta em mim, ajustando-a ao meu torso, e o tecido extra cai ao redor de minhas coxas.

Podemos estar enfrentando nosso pior inimigo até agora, mas tudo isso vira pano de fundo quando tenho os quatro aqui, mimando-me após terem me comido até eu quase perder os sentidos.

Bash afofa os travesseiros e puxa o cobertor.

Pan é o primeiro a se deitar na cama, então me chama e eu me aninho ao seu lado. Bash se deita em seguida, puxando minhas pernas sobre seu colo e me cobrindo. Vane e Kas se acomodam do outro lado da cama. Eles dividem um cigarro e um copo de alguma bebida escura.

Estou lânguida de contentamento, meu corpo exausto, porém relaxado.

— Está cansada, Darling? — Pan pergunta, correndo os dedos distraidamente por meu cabelo, e a sensação dispara um delicioso formigamento em meu escalpo.

— Talvez um pouco — respondo e bocejo.

Vane me observa através da fumaça ao dar uma longa tragada e, então, passar o cigarro para Kas.

— Durma um pouco, Win.

— Não me deixem — digo a eles.

— Claro que não — diz Bash, massageando a carne cansada de minhas panturrilhas.

Não demora muito, estou desmaiada.

21

WINNIE

Acordo morrendo de sede e com a bexiga explodindo. Os garotos estão todos enrolados em mim, dormindo pesado, mas dou um jeito de deslizar de debaixo deles e sair da cama sem acordá-los. Desço as escadas, atravesso a ponte de corda e as plataformas até chegar ao chão e, então, desço até a torre.

Bocejando, ainda sonolenta, vou até meu banheiro. Quando termino, visto uma calcinha e dou uma ajeitada nos cabelos. Eu definitivamente estou com uma cara de quem trepou com quatro caras.

— Agora, água — murmuro para mim mesma, esfregando os olhos para espantar um pouco do sono conforme vou para a cozinha. Paro abruptamente.

Tinker Bell está na cozinha, emoldurada pelos batentes da porta da varanda e pelo céu escuro lá fora.

— Olá, Winnie.

A sombra se revira dentro de mim, e sei que meus olhos ficam pretos.

— Isso é desnecessário — diz Tink. — Eu só quero conversar.

— Não acredito em você, e chega a ser ofensivo você pensar que eu acreditaria.

Ela ri, e é difícil não ser seduzida por uma sensação de segurança ao ouvir o som tranquilizante dos sininhos. Ela parece inocente, parece inofensiva, mas não é nada disso.

Mesmo antes de ter sido ressuscitada do fundo de uma poderosa — por vezes, traiçoeira — lagoa, Tink já era maquiavélica. Ela matou minha ancestral, e foi exatamente essa escolha que lançou todos nós, sem exceção, na jornada que nos trouxe até aqui e agora.

— O que você quer? — eu lhe pergunto.

— Só quero retornar a um senso de normalidade.

— Você não terá Peter Pan de volta!

Só por Deus! Pareço uma piriguete possessiva falando desse jeito, mas não vou retirar o que disse.

Tink anda ao redor da ilha da cozinha e sigo seus movimentos, mantendo a ilha entre nós duas.

— Sabe o que acho mais triste? — Não quero morder a isca, então fico quieta. — Todo mundo acha que eu quero Peter Pan. — Ela ergue a mão e estala os dedos, pó de fada girando ao redor de seu punho. — É como um truque de mágica. Você tem ideia do quanto é fácil enganar uma plateia que pensa que conhece seu truque?

Não gosto do rumo que essa conversa está tomando.

Estou diante de uma extremidade da ilha e Tink da outra, com a mão ainda levantada e brilhando com o pó de fada na meia-luz da cozinha.

— Vou te contar um segredo. Uma revelação de bastidores, por assim dizer. — Ela balança as asas, elevando-se do chão. Ter a ilha entre nós duas agora não significa mais nada. — Ter Peter Pan nunca foi meu objetivo. O que eu quero é a sombra dele.

— Ele jamais te dará a sombra.

— Eu sei.

A expressão em seu semblante revela que Tink já pensou em todos os pormenores. Aposto que planejou uma dúzia de métodos para obrigar Pan a colaborar, incluindo me ameaçar. E agora cá estou, sozinha com ela na cozinha escura enquanto os rapazes dormem.

Quanto tempo será que eles levariam para chegar aqui se eu gritar?

E vale a pena colocá-los em perigo?

— Se é poder que você quer, então por que não pega a minha sombra? Estou aqui sozinha. Vulnerável.

— Ah, eu queria que fosse assim tão fácil... — Ela indica meu ombro, exposto pela gola caída da camiseta. — Essas runas que você tem aí nas costas? A lagoa viu as inscrições quando você foi nadar com aquele pedaço de mau caminho do Sombrio. Creio que as runas foram talhadas nas suas costas para te proteger, correto?

— Talvez.

— Só que houve uma falha na transcrição. Um erro mortal, sem dúvida. Em vez de um feitiço de proteção, elas são um feitiço de amarração. A sombra que você possui jamais te deixará. A própria lagoa que disse. Se não fosse por isso, sim, você seria um alvo fácil.

Ela está falando a verdade?

Sim, está, a sombra confirma.

Por que você não me contou?

Porque nunca importou.

— Por quê? Por que tudo isso? — pergunto a Tink, na tentativa de mantê-la falando. — É só uma questão de poder mesmo? Porque não faz muito sentido, se você pensar a respeito.

Ela dá de ombros.

— Quando você passa tanto tempo morta no fundo de uma lagoa, começa a enxergar onde errou. Começa a se arrepender das escolhas que fez e das que não fez. Eu posso ter sido rainha dos fae quando estava viva, mas nunca tive poder. Eles jamais aceitaram a mim, uma simples fada doméstica. Mas meus meninos… — Seu olhar fica distante, perdido. — Meus meninos serão aceitos. Os fae enfraqueceram e necessitam de homens implacáveis para liderá-los.

— Você quer que os gêmeos reivindiquem a sombra.

— Você e o Sombrio partilham uma sombra. Pode ser feito de novo.

— Kas e Bash não vão se dobrar às suas vontades. Você claramente não os conhece.

— Ora, ora, você não passa de uma garotinha tola e estúpida. Para fazer uma pessoa se dobrar às suas vontades, basta dizer o que ela quer ouvir.

— Winnie!

Eu me viro, confusa, ao ouvir essa voz aqui.

— Mãe?

— Winnie! Socorro!

Vem lá de fora, quebrando o silêncio da madrugada. Que merda é essa?

Agarro a maçaneta e escancaro a porta. No quintal lá embaixo, vejo minha mãe detida por dois fae sendo arrastada na direção da floresta.

— Mãe!

— Socorro, Winnie!

Ainda não sei voar direito, mas passo por cima do peitoril da varanda e pulo, esperando algum milagre. Caio no chão e salto para o ar novamente, voando toda torta. Acabo batendo em um galho de árvore e saio rolando na sujeira e na neve do solo. Minha camiseta fina fica toda molhada, e só então sinto a fisgada do frio em minha pele.

— Mãe!

Decido correr, pois sei que posso contar com minhas pernas para me carregarem.

Corro e corro. Minha mãe está se debatendo, deixando um rastro de pegadas bagunçadas.

A sombra se agita dentro de mim.

Escute seus instintos, ela me diz. *Me escute.*

Mas, se minha mãe está na ilha, ela precisa de minha ajuda. Deve estar com medo. Deve estar...

O chão se abre sob meus pés e caio na escuridão, aterrissando com um baque surdo em uma superfície que parece ser de madeira grossa.

Giro ao redor bem a tempo de ver um Garoto Perdido bater uma tampa em cima de mim. Martelos batem pregos na madeira. Eu bato na tampa.

— Que porra é essa? O que está fazendo? Pare! Tirem-me daqui!

— Enterrem-na bem fundo. — Ouço a voz de Tink falando. Então, escuto o barulho suave de algo sendo jogado acima de mim. Mais uma vez.

Pás jogando terra.

— Parem! — Bato com mais força e procuro me conectar com a sombra, até que a escuridão se evapora completamente e me vejo de pé à beira da lagoa. Peter Pan está comigo, Vane, Bash e Kas.

O que está acontecendo?

— Darling? — Pan me chama. — Você está bem?

— Eu só estava... — Dou uma volta, olhando ao redor. A neve desapareceu e o sol está brilhando, mas ainda estou com frio.

Bash me acolhe em seus braços, e um pouco do seu calor me esquenta os ossos.

— Teve um sonho ruim?

— Acho que sim? Eu estava com a sua mãe…

Ele ri.

— Isso parece o início de uma piada ruim.

— Está tudo bem. — Kas vem do meu lado. — Tudo vai ficar bem.

22

PETER PAN

ACORDO COM A DOR LANCINANTE, A GRITARIA E O CAOS.

Sangue, sinto o cheiro de sangue por toda parte. E de Garotos Perdidos.

Os Garotos Perdidos estão atacando?

Tem um em cima de mim, com uma faca cravada em meu peito. A dor é tão intensa que mal consigo respirar, meu estômago ameaça revirar.

Agarro o cabo e puxo, deparando-me com uma lustrosa lâmina preta.

Empurro o garoto para longe. Ele se choca contra a parede, mas logo se levanta.

— Que porra você está fazendo? — eu lhe pergunto, mas seus olhos estão baços, como se ele nem estivesse ali. O moleque tenta alcançar a arma, mas eu lhe agarro os dois punhos e afundo a faca em seu crânio. Ele pisca duas vezes, então cambaleia para trás e cai na cama, morto.

O sangue jorra da ferida, escorrendo por meu peito e pela curva de meus quadris até cair sobre meus pés. E eu ainda estou nu, caralho. Que ótimo.

No patamar ali próximo, Vane joga um Garoto Perdido por cima do peitoril da escada e ele cai lá embaixo com um baque molhado. Kas está nos degraus com as mãos levantadas.

— Não quero te machucar — ele diz a um Garoto Perdido de cabelos escuros. — Só me dê a faca.

O garoto ataca. Kas desvia pela esquerda. O menino tenta esfaqueá-lo novamente e, ao retrair o golpe, Kas agarra-lhe o punho e corre, empurrando-o com tudo contra a parede e cravando a faca no peito do moleque. Um gêiser de sangue vaza do corte.

— Que porra é essa? — Bash grita do andar de onde aplica um mata-leão em um Garoto Perdido que se debate, tentando se soltar dos braços musculosos.

— Não sei — respondo enquanto Vane corre para rasgar um lençol em tiras.

— Levante os braços — ele me diz e enrola uma longa tira em meu peito, cobrindo a ferida, e, então, amarra tão apertado que até vejo estrelas.

— Pare de fazer manha — ele me diz.

— Não tô fazendo manha, caramba. Rapazes, vocês estão feridos?

— Cortes superficiais — responde Bash, largando o corpo do garoto agora morto. — Nada sério.

— Cadê a Darling? — pergunta Kas.

Procuramos no quarto. Nada. O pânico se instala.

— Merda! Vamos! — Empurro Vane, que voa até o chão. Tento ir atrás dele, mas a dor é muito intensa, e não consigo encher os pulmões de ar. Então sigo Kas pela escada em caracol.

— Vane, você consegue sentir a presença dela?

Ele tem os olhos semicerrados, procurando-a, atento, e, a cada segundo que passa, fico mais agitado e Vane parece mais preocupado.

— Ela está calma. Como... — ele diz, intrigado. — Eu não sei. É estranho. Ela está longe e a conexão é tênue, mas parece estar bem.

Fico mais aliviado. Pelo menos por enquanto.

— Isso é preocupante. — Bash segura uma das facas que tomou de um dos Garotos Perdidos.

Outra pontada de dor atravessa meu peito. Sinto tontura e fraqueza.

— Esse é o mesmo tipo de lâmina que Tink usou para me atacar da outra vez.

— É forjada com pedra vulcânica da Terra Perdida — Kas explica e estala os dedos para o irmão. — Era isso que estava faltando do cofre dos fae.

— Cacete, isso não é nada bom.

— É o mesmo tipo de pedra que Holt Remaldi usou para tomar a sombra da Terra Soturna de mim — diz Vane. — A elite da Terra Soturna venera essa merda mais que ouro.

— Vocês sabiam que o cofre fae guardava essas lâminas? — pergunto aos gêmeos.

— A ficha só caiu agora — diz Bash. — Reparei no espaço vazio nas prateleiras, mas Kas e eu não conseguimos lembrar o que havia lá.

— Acho que a pergunta que nos devemos fazer é: por que os Garotos Perdidos se viraram contra nós? — Kas pondera.

— Eles pareciam possuídos. — Vane chuta o sapato de um garoto morto caído no tapete. — Tem algo errado.

Uma dor aguda me corta as costelas. Eu deveria estar sarando, mas não estou. Inferno!

— Precisamos achar a Darling.

— Concordo — diz Kas, já indo em direção à porta.

Partimos ao mesmo tempo, disparando pelas escadas, atravessando o corredor e o loft. A casa é um mausoléu. Até os periquitos sumiram da Árvore do Nunca, as pixies se apagaram.

Preciso parar do outro lado do sofá, ofegante pra caralho para ir mais rápido.

O que acontece com quem é esfaqueado por uma lâmina de pedra da Terra Perdida? Os mitos variam. O material de origem é incerto, na melhor das hipóteses.

Eu tenho a Sombra da Vida da Terra do Nunca. Deveria estar sarando.

— Que caminho? — Bash pergunta a Vane, que está ao meu lado, com o braço enganchado ao meu.

— Levante-se — ele me diz.

— Estou sobre meus pés — argumento. — Estou de pé.

— Você parece prestes a desmaiar. Está tudo bem?

Não, não está nada bem. Longe disso.

Na escuridão mergulhado.

Um menino comum, abandonado pela mãe.

Um homem que pensou que era um mito e não consegue nem se curar de uma lâmina de pedra.

O sangue escapa pela bandagem improvisada. A sala gira.

— Sente-se — Vane manda, mudando de curso ao me amparar ao redor do sofá e me colocar sobre uma das almofadas.

Meu peito está latejando, a pele queimando onde a lâmina perfurou a carne e os músculos. Tudo dói.

— Encontre a Darling — digo a Vane. Ele está agachado diante de mim, com a expressão preocupada. — Eu vou ficar bem.

— Você está ficando pálido.

— Falta de luz do sol — brinco, mas a risada falsa desencadeia um ataque de tosse, causando-me farpas de dor que descem até meus joelhos. — Encontre a Darling — ordeno novamente. — Por favor.

— Não se mova. — Ele se levanta. — Não faça nenhum esforço...

— Sim, eu sei. Agora vá...

Alguma coisa vibra através da sala. Vane a agarra em pleno ar. Porra! É outra adaga negra.

— Abaixe-se! — grito.

Mas é tarde demais.

Uma atrás da outra — *tunc-tunc-tunc* —, mais três lâminas afundam no peito de Vane e ele cai sobre um joelho na minha frente, os olhos pretos, o torso repleto de rastros de sangue.

— Vane! — Deslizo do sofá para pegá-lo à medida que ele desaba. — Vane!

— Maldita... fada... vadia — ele grunhe em um gemido molhado conforme o cômodo se enche de uma luz dourada, afastando todas as sombras.

Tinker Bell entra na sala seguida relutantemente por Tilly.

— Ah, aí estão os estraga-prazeres — ela diz. — Vocês foram embora tão cedo que eu decidi trazer a festa até vocês.

Vários fae de baixo ranque e Garotos Perdidos posicionam-se em círculo no loft, bloqueando as saídas.

Todos têm expressões vazias e um olhar mortiço.

— Meninos! — ela grita e balança os dedos para os gêmeos. — Venham juntar-se à sua mãe, venham.

Os gêmeos se afastam da porta da cozinha e ficam parados ao lado do bar, onde Tink enfileira vários copos e abre uma garrafa de uísque de maçã. Costumava ser seu favorito.

— Sabe o que acho engraçado? — Ela enche os copos e me traz um. Hesito em pegar já que ainda estou aparando a maior parte do peso de Vane. — Vamos lá, Peter.

Tomo o copo de sua mão. Vane estremece.

— Acho engraçado o tempo que você passou procurando sua sombra, Peter. Que engraçado deve ter sido quando finalmente descobriu que ela estava com as suas preciosas Darling o tempo inteiro. — Ela ri. Pega mais dois copos e os entrega aos gêmeos. — Depositei minha fé em você. Houve um tempo em que achei que você sabia de tudo, que podia fazer qualquer coisa. Lembra aquela vez que você conjurou um banquete para nós dois do nada? — Ela balança a cabeça, um pouco nostálgica. — Aquela noite foi tão divertida. Quando foi a última vez que você usou seu poder para frivolidades? Agora tudo se resume a guerra, putaria e, vamos admitir, muito *mimimi*.

Ela vem até mim.

— Beba, Peter.

O copo treme em minha mão. Estou trêmulo e não consigo sentir minhas pernas.

— Beba, Peter.

Levo o copo aos lábios e bebo só um golinho, mas Tink agarra o fundo do copo e o vira, forçando-me a bebida goela abaixo.

Não tenho forças nem para resistir a ela.

Quando termina, põe o copo de lado.

— Há apenas dois homens neste recinto que são dignos do poder, que nunca ficaram de melindres ou reclamando na hora de fazer o trabalho pesado. — Tink aponta para os gêmeos com um floreio. — Meus meninos.

— Mas que merda você pensa que está fazendo? — Bash pergunta.

— Reinstaurando vocês ao seu lugar de nascença.

— Matando Peter Pan e Vane? De jeito nenhum — diz Kas.

— Eles jamais deixarão vocês governarem. — Tink vai até os gêmeos, colocando-se entre os dois, espalhando pó de fada com as asas. — Eles já deixaram vocês assumirem a liderança alguma vez?

Os gêmeos se entreolham.

A resposta é não, não deixamos. Sempre tratei os dois como irmãos caçulas indesejados. Vane também.

Mas os gêmeos me escolheram. Depositaram sua fé em mim.

E, no entanto... eles ainda não têm as asas de volta, e eu nunca teria o poder de restaurá-los ao trono.

Tink fala mais baixo, como se estivesse lhes confidenciando um segredo:

— Eles não querem que vocês governem. Querem apenas que fiquem seguindo-os como cachorrinhos, só mais Garotos Perdidos para serem encontrados. Mas vocês, príncipes fae, nasceram para serem líderes. — Bash contrai a mandíbula, as narinas de Kas se alargam. Tink acrescenta: — E vocês deveriam governar com a sombra.

— O que está sugerindo? — Bash descruza os braços.

— Peter Pan nunca mereceu a Sombra da Terra do Nunca — diz Tink. — Ele só a reivindicou porque achava que merecia.

— Nós não queremos a sombra — diz Kas. — Só queremos nossas asas.

— Oh... — Tink faz um biquinho. — Sua irmã não te contou?

Tilly recua.

— Contou o quê? — Bash pergunta.

Kas avança sobre a irmã:

— Nos contar o quê, Til?

A rainha fae contrai os lábios enquanto lágrimas se acumulam em seus olhos.

— Eu... suas asas...

— O que tem nossas asas? — Bash também se aproxima.

— Elas nunca foram guardadas — ela solta.

— Como é que é? — Kas grita.

— Assim que elas foram retiradas, ordenei que fossem destruídas.

O pandemônio começa subitamente quando Bash desvia de Kas para pular em cima da irmã.

— Como você pôde?! — Bash grita.

Os fae formam um círculo ao redor da rainha, empunhando suas adagas, prontos para a batalha. Tilly recua para a cozinha.

— Eu não pensei que… Sinto muito… é só que… eu estava tão zangada com vocês e pensei que jamais os perdoaria e…

— É claro. — A voz de Tink ressoa estridente. — Existe outro jeito de voar.

Os gêmeos se viram para mim. Luto é uma emoção que não é tão fácil de esconder, e consigo ver todas as suas nuanças na expressão dos gêmeos. Suas asas estão perdidas para sempre. Eles jamais irão recuperá-las.

Eu sei o que é querer tanto uma coisa que chega a doer.

— Nós não vamos pegar a sombra de Pan — Bash diz a Tink. — Então pode cair fora.

— Jamais faremos isso — Kas acrescenta, falando diretamente para mim do outro lado da sala, enquanto Vane respira no meu colo.

De canto de olho, percebo Tilly se esgueirando e saindo pela cozinha, com o rosto cheio de lágrimas.

— Então sinto dizer que jamais terão sua garota Darling de volta.

O luto e o desafio na expressão dos gêmeos dão lugar à raiva e ao medo. Eis a cartada final. O trunfo de Tink.

Mesmo que o que ela queira seja poder para os gêmeos, as Darling sempre foram uma pedra em seu sapato da qual ela quer se livrar.

— Onde ela está? — Kas pergunta.

Tink balança as asas, espalhando pó de fada.

— Indisposta, receio.

— Para onde você a levou, caralho? — Bash avança contra a mãe, mas ela é rapidamente cercada por um enxame de fae e Garotos Perdidos, com facas prontas para cortar.

— Consigo sentir o pânico — Vane diz.

— O quê?

— Darling. Consigo senti-la agora — Vane diz e estremece. — Ela está nervosa e... com medo.

— Onde ela está? — sussurro para ele.

Sangue escorre do canto de sua boca.

— Eu não sei. Não sei dizer. É como se ela estivesse debaixo da terra.

Enterrada no escuro. Completamente sozinha.

Exatamente como fiz com Tink quando a matei e a joguei na lagoa.

Você não merece a sombra.

Apenas um garoto abandonado pela mãe.

Apenas um garoto.

— Diga onde ela está! — Kas grita e dá um soco em um Garoto Perdido, que é imediatamente substituído por outro.

— Eu juro por Deus... — Bash esmurra um dos fae menores, e o sujeito se esparrama sobre uma das banquetas do bar.

— Parem! — eu grito.

Silêncio.

— Podem ficar com ela — digo, umedecendo os lábios.

— Que merda você vai fazer? — Vane pergunta, mas eu o ignoro.

— Dou a minha sombra de bom grado.

— Não seja… tolo — Vane me diz.

— Pan! — Bash se recusa, mas é tarde demais. Já tomei minha decisão. De que serve o poder se temos de lutar sem parar para mantê-lo? De que serve o poder se não temos ninguém com quem o dividir?

— Eu te dou minha sombra — digo a Tink. — E você entrega a Darling para eles. — Indico os gêmeos. — Sã e salva.

Bash, com o rosto distorcido pela aflição, diz:

— Nós não queremos a sombra.

— E é justamente por isso que vocês são perfeitos para ela. Assim como a Darling e Vane também não queriam. Passei boa parte da minha vida procurando a sombra, destruindo tudo em meu caminho para possuí-la.

Encaro Tink. Não sei se ainda existe algo da fada que eu conheci tantos anos atrás, mas, se houver, preciso que ela escute o que tenho a dizer:

— Me desculpe, Tinker Bell. Sinto muito que o amor que tínhamos um pelo outro foi tanto que acabou nos destruindo.

Ela vacila. Por uma fração de segundo, vejo a antiga Tink. Minha melhor amiga. A primeira pessoa com quem tive a oportunidade de dividir a Terra do Nunca de todas as maneiras possíveis.

Na época, eu a amei porque estava desesperado para não ficar sozinho. Mas confundi os sentimentos. Agarrei-me a ela porque não tinha mais ninguém. E acho que, de certo modo, nós dois abusamos desse amor por causa das necessidades que ambos tínhamos, mas não sabíamos como pedir que fossem atendidas.

E, então, eu me tornei o Rei da Terra do Nunca, o perverso, implacável Rei do Nunca.

Na escuridão mergulhado.

Não quero mais ser aquele homem.

Pela Darling. Por Vane. E também pelos gêmeos.

Quero ser um homem diferente, mesmo que ainda não saiba quem é esse homem.

Ajudo Vane a se sentar no sofá, então vou até os gêmeos e Tink.

Estou tão cansado.

Caio de joelhos diante dos príncipes fae.

— Reivindiquem-na.

— Pan... — Kas começa.

— Nós não vamos... — Bash cerra os dentes.

Se eles estão destinados a ter a sombra, a sombra irá até eles. Eis o último teste, o último indício de que preciso para saber que ela nunca deveria ter sido minha.

A sombra se contorce até a superfície. Sinto sua forma, seu peso, a agitação incontrolável à medida que ela emerge pela ferida dolorosa em meu peito.

De olhos esbugalhados e lacrimejantes, corpo trêmulo, eu purgo a sombra como se fosse uma infecção.

Ela me deixa para trás e voa para os gêmeos, envolvendo-os em uma luz cegante. Eles caem de quatro.

As tábuas do piso balançam, e ouço o barulho distante de sininhos.

E então...

A escuridão se acalma e os gêmeos se levantam.

E, às suas costas, asas escuras e iridescentes se desenrolam.

[illegible]

Não quero mais ver aquele homem.

Ela [illegible] Pat Vale [illegible] pelas [illegible]

Quero ser um homem diferente, mesmo que ainda não saiba quem é esse homem.

[illegible]

[illegible]

— [illegible]

[illegible]

[illegible] a sombra [illegible] até ela

Dei a ela [illegible] o último indício de que precisava para saber que ela nunca deveria ter sido minha.

[illegible] até a [illegible] sua [illegible] pessoa [illegible] ela [illegible] dolorosa em meu peito.

[illegible] corpo [illegible] em [illegible] como se fosse uma [illegible]

Ela me [illegible] para os [illegible] envolvendo [illegible] em uma [illegible] Eles eram de quatro.

[illegible] o barulho [illegible] de minutos.

[illegible]

[illegible]

[illegible]

23

KAS

PERDER MINHAS ASAS FOI COMO TER PERDIDO UM MEMBRO. Minha vida inteira tinha sido vivida entre o céu e a terra, e, quando perdi a habilidade de encontrar as nuvens, foi como se um abismo tivesse se aberto dentro de mim.

A princípio, fiquei furioso. Depois, vingativo. Então, deprimido. Cheguei ao ponto de não conseguir olhar para o céu porque tinha inveja dos malditos pássaros.

Eventualmente, acabei enterrando todos esses sentimentos até que minha vida com asas parecia ser a vida de outra pessoa. Ou um sonho.

No entanto, conforme fico de pé e sinto o peso recém-recuperado das minhas asas, não consigo conter as lágrimas, e todas aquelas emoções sufocadas me inundam.

Isso é real?

Sem pensar, abro as asas em toda sua envergadura, e músculos há muito esquecidos e inertes se flexionam em minhas costas.

A luz do fogo é refletida em minhas asas, que brilham, iridescentes, tais e quais as escamas escuras e cintilantes da cauda de uma sereia.

Olho para meu irmão gêmeo. Ele também tem as asas abertas. Bash nunca foi de demonstrar emoções, a não ser arrogância e animação, mas ele também tem os olhos marejados.

Como é possível?, ele me pergunta.

Não tenho a menor ideia, respondo.

A Sombra da Vida da Terra do Nunca jamais deu asas a Peter Pan, mas ele frequentemente me dizia que as sombras podem reagir de maneiras diferentes com pessoas diferentes.

Não está fora de questão a possibilidade de que a sombra tinha o poder de nos fazer voltar ao nosso estado natural.

Diante de nós, nossa mãe irradia de orgulho ao entrelaçar as mãos:

— Meus meninos! Restaurados à sua antiga glória. Vocês sempre ficaram tão lindos com suas asas.

— Diga-nos onde está a Darling.

— Teremos tempo de sobra para isso.

Tink vem ao nosso encontro, de braços abertos, como se quisesse um maldito abraço, como se ela não tivesse raptado e escondido nossa garota para forçar Pan a abrir mão da sombra.

— Não se atreva a me tocar — eu aviso e ela para, a expressão triunfante esmaecendo em seu rosto. — Onde está a Darling?

As narinas de Tink se alargam e suas asas tiritam mais depressa.

— O que é que as garotas Darling têm que faz um bando de merdinhas como vocês perderem a porra da cabeça?

— Encontre-a — Pan diz a Vane. — Leve os gêmeos com você.

— Detenham-nos! — Tink grita, e os Garotos Perdidos e os fae entram em ação, e se segue um pandemônio.

24

WINNIE

VOLTO ABRUPTAMENTE À REALIDADE QUANDO A DOR ECOA pela conexão da sombra.

Pisco na escuridão e, por um segundo, penso que devo estar morta. Consigo sentir minhas mãos, meus pés, posso mexer os dedos, mas não consigo enxergar nada, e está tão escuro e quieto aqui.

Pense na última coisa de que se lembra...

A fada armou uma armadilha para nós, a sombra sussurra.

É verdade. Estou enterrada em uma caixa. E Tink deve ter criado uma ilusão para me fazer acreditar que eu estava segura com os meninos.

Vou acabar com a raça dela.

Assim que conseguir sair desta caixa.

— Socorro! — grito, batendo na tampa. Está tão quieto que meus ouvidos doem com o som da minha própria voz. — Alguém pode me ouvir?

Vane deve saber que estou encrencada, mas se ele está sentindo dor...

Tenho que sair daqui. Preciso salvá-los.

Muito bem, Winnie, pense. Isto aqui é um jogo, e você só precisa descobrir como ganhar. Exceto que estou enterrada em uma caixa e não tenho ferramentas comigo.

— Agora seria o momento ideal para você agir — murmuro para a sombra.

Ela não diz nada.

Bato mais um pouco até que as palmas das minhas mãos estão em carne viva. E, então, escuto à distância o som da terra sendo remexida.

— Estou aqui embaixo! — grito.

O som ambiente fica mais alto à medida que tem menos terra em cima de mim. Deve ser um dos rapazes.

Eles devem ter me encontrado, talvez com a ajuda de Vane e...

Um objeto é enfiado na fenda da tampa e a arranca.

E, quando pisco à luz fraca da escuridão, não vejo nenhum dos garotos; é Tilly.

Eu me levanto com tudo, pronta para lutar, mas ela levanta as mãos, lançando uma luz brilhante pela clareira com as asas.

— Eu vim para ajudar.

Estou encolhida contra a parede do buraco, pedregulhos caindo em cima de mim.

— Por quê?

— Porque é tudo culpa minha, e preciso consertar o que fiz.

Tenho cautela com ela. Claro que sim. Mas percebo a aflição em sua voz, o sutil tom estridente de uma garota que tomou decisões desesperadas só para tentar sobreviver.

Os gêmeos disseram que ela jogou o trono fae na lagoa como oferenda, na tentativa de ganhar uma vantagem sobre Peter Pan e os Garotos Perdidos. E agora todos estamos sofrendo as consequências.

— Minha mãe nunca me amou — Tilly admite, e sua voz falha. — E, ainda assim, ela me ama ainda menos agora.

— Então você me salvou só para retaliar Tink?

— Não. — Ela engole em seco e passa a língua pelos lábios. — Não espero que você entenda, mas fiz o que achei que era necessário para cumprir o papel de filha zelosa e perpetuar o legado de nossa família. Só que nada nunca é suficiente. E, mesmo agora, que sou rainha, que detenho todo o poder para governar a corte, ainda não tenho nada. Não tenho o respeito de minha mãe ou de meus irmãos.

Ela cerra os dentes, segurando as lágrimas, mas posso ouvir seu pranto em cada palavra que diz.

Sei o que é ansiar por amor e nunca o receber da pessoa que *deveria* te amar incondicionalmente. Antes de Pan e dos garotos, eu pensava que o amor era espera, uma espera agonizante e silenciosa que, às vezes, só terminava em dor.

— Sinto muito, Tilly.

— Não quero sua pena — ela me diz. — Só quero que me ajude a salvar meus irmãos.

Ela alça voo para fora do buraco e, ao pousar, estende a mão para me ajudar a sair. Assim que ponho o pé para fora, no entanto, Tilly é atacada.

— Vane! — grito conforme a sombra se manifesta e ele agarra Tilly pela garganta, pressionando-a contra a árvore mais próxima. Termino de sair cambaleando do buraco, fico de pé e corro até ele. — Pare! Ela me ajudou!

Tilly está de olhos esbugalhados, lutando para respirar.

— Solte-a. — Agarro seu punho, puxando-a, para tentar libertá-la. — Ela me salvou!

Vane pestaneja para mim e a sombra se acalma. Quando ele solta Tilly e se afasta, vejo que está coberto de sangue.

— O que aconteceu com você? — Não dá para enxergar muito bem na luz fraca, mas vejo que ele está mais pálido que de costume. O que significa que o sangue deve ser dele. — Você está bem?

— Estou.

Pego seu rosto entre minhas mãos e o obrigo a olhar para mim. A sombra flui em uma corrente contínua entre nós dois, como água fazendo marolas em uma piscina. Ele cerra os dentes e a sombra responde, *eu posso curá-lo*, à medida que emana de mim e flui por Vane, para sarar suas feridas.

— O que aconteceu enquanto eu estava longe? — pergunto para Vane, então para Tilly. Pressinto a inquietação de Vane e a relutância de Tilly. — Digam-me.

— É Pan — diz Vane. — Ele sacrificou a sombra pelos gêmeos.

Começo a voltar para casa.

Vane e Tilly vêm atrás de mim.

— Espere, Winnie, pelo amor de Deus.

— Precisamos ajudá-lo a recuperá-la.

— Quer parar?! — Vane corre à minha frente, bloqueando o caminho de volta para a casa da árvore. — Ele abriu mão dela.

— Então! Significa que pode recuperá-la.

Tento desviar dele, mas Vane coloca a mão em meus ombros, forçando-me a ficar onde estou.

— A sombra foi para os gêmeos.

— Para os dois?

Vane confirma.

Eu jamais escolhi a sombra. A sombra me escolheu. E depois escolheu Vane também. Eu testemunhei, quando Holt tentou possuir a sombra à força na Rocha Corsária, que sombras podem ser caprichosas. Elas não pulam em hospedeiros aleatórios só por diversão.

Se a Sombra da Vida da Terra do Nunca deixou Peter Pan por vontade própria e reivindicou os gêmeos...

— Mas é a sombra *de Pan*. Ele passou boa parte da vida caçando essa sombra. Ela é *dele*.

Vejo Tilly do outro lado de Vane.

— As sombras não pertencem a ninguém. Minha Nani me ensinou isso. Elas pertencem à terra e decidem quem são merecedores delas.

Olho para Vane, que me encara de volta com o cenho profundamente franzido. Tudo que Peter Pan é está naquela sombra. Sem ela... *Ele não sobreviverá.*

A vida inteira dele girou em torno daquela sombra e de governar a Terra do Nunca.

— Temos de ir até ele — digo.

— Eu sei — Vane responde. — Mas está um caos na casa da árvore. Não sei como, mas Tink está controlando os fae e os Garotos Perdidos.

— Algumas fadas conseguem infiltrar-se em mentes — explica Tilly. — Nossa família sempre foi excepcionalmente talentosa em criar ilusões e infiltrar-se em mentes. Mas minha mãe parece estar ainda mais poderosa desde que a lagoa a cuspiu de volta. — Não há orgulho em sua voz. Apenas desgosto. — Tink invadiu a mente deles e, seja lá qual for a magia maléfica que a ressuscitou, agora ela não só é capaz de se infiltrar como também de controlar mentes.

— Certo, e o que devemos fazer?

— Creio que podemos derrotá-la se as duas sombras se unirem contra ela. — Tilly olha de relance para nós. — Se vocês estiverem dispostos.

— Claro que sim. Isto é, se você nos ajudar e não nos trair mais uma vez.

As asas dela tiritam.

— Bem, acho que mereci isso.

Vane ri, zombando.

— Vamos encontrar meus irmãos — Tilly diz e levanta voo. — Tentem não ficar muito para trás.

25

BASH

NÃO QUERO CHORAR, MAS, CARALHO, TENHO MINHAS ASAS de volta!

Mergulho no céu enquanto um fae me persegue. À minha esquerda, um Garoto Perdido se debate nos braços de meu irmão antes de ser jogado no oceano.

O fae colide comigo e bato as asas para nos manter no ar. Ele desfere um soco, mas não me acerta e, com o impulso, vai para baixo. Eu rolo, encolho as asas e disparo, cortando o céu como um falcão caçador que avistou sua presa.

Ele tenta pegar um vento de cauda, mas Tink obviamente o tem sob controle, assim como os Garotos Perdidos, e não creio que eles estão cem por cento mentalmente engajados na luta. Não conheço esse guerreiro fae, mas ele voa como alguém que não sabe que porra está fazendo.

Inferno, acabei de recuperar minhas asas após ficar de castigo por décadas e claramente tenho a vantagem.

Uma mudança de ventos muda seu curso e o joga em meus braços. Eu o agarro, mantenho as asas encolhidas e deixo a gravidade fazer seu trabalho. Navegamos para o chão da floresta lá embaixo. O fae se debate em meu enlace.

Eu o solto quando nos aproximamos da copa das árvores. Ele se choca com os galhos grossos de um carvalho, que se quebram com estalidos estrondosos. Segundos depois, ouço um baque seguido por um gemido.

Bato as asas novamente, subindo cada vez mais alto. Ao longe, Kas vem em minha direção. Sem qualquer outro fae à vista, pairo no ar, esperando.

E ouço o som fraco da voz da Darling e... de Tilly?

— Lá embaixo! — grito para Kas. — Comigo!

É como se fôssemos guerreiros de novo, treinando na guarda fae. Quanto tempo faz? Tempo demais. Kas me segue e atravessamos a floresta, o ar frio pinicando minha pele, galhos raspando em meus braços.

Avisto a Darling na trilha com minha irmã ao seu lado e meu coração fica entalado na garganta, até que também vejo Vane.

Eles não estão lutando, o que deve ser um bom sinal.

Desço até a trilha, consciente de minha nova majestade.

A Darling fica boquiaberta, assombrada.

Meu peito estufa de orgulho. Sim, porra, eu tô tesudo pra caralho! Sempre fiquei mais bonito de asas, em minha humilde opinião.

— Puta que pariu! — a Darling exclama ao correr para os meus braços. — Vocês conseguiram as asas de volta. Vane, por que não me disse que eles tinham recuperado as asas?! — Kas pousa ao meu lado, e a Darling o puxa para o abraço. — Estou tão feliz por vocês. Como conseguiram...

— A sombra — diz Kas. A Darling nos solta.

— A sombra devolveu as asas de vocês?

Meu irmão e eu assentimos. Perdemos Pan na luta que se seguiu, mas não consigo nem imaginar como ele deve estar se sentindo agora.

A sombra era tudo para ele.

Eu jamais quis tê-la. Nunca nem sequer passou pela minha cabeça. Mas, agora que a possuo, um sentimento de certidão pulsa dentro de mim, como se fosse o meu destino e o de meu irmão ter a sombra. E estou ciente de que, se ela sempre esteve destinada a ser nossa, então nunca deveria ter sido de Pan.

E, por mais que ele a tenha sacrificado por nós dois e pela Darling, ainda assim parece uma traição. E eu não sei como lidar com isso.

Nunca desejei tanto algo como desejei minhas asas de volta. E quero curtir o momento sem pensar no custo.

— Estou feliz por vocês dois — diz Tilly. — Sinto muito que tenha sido necessário chegar a esse ponto.

Sinto o aborrecimento de meu irmão. Kas e eu sempre fomos capazes de nos comunicar em um nível que ninguém mais consegue. A sintonia de gêmeos em toda força. E agora, com a sombra entre nós, cada emoção é amplificada até parecer que sou eu que as estou sentindo. Toco em seu antebraço:

— Não resta mais nada que ela possa fazer com a gente — eu lhe digo.

Se posso sentir a indignação de Kas, então talvez ele possa sentir minha disposição em enterrar essa rixa de uma vez por todas.

Não quero mais brigar.

Nós nos entreolhamos e ele respira bem fundo.

— Está bem — diz, finalmente. — Tilly, você está perdoada, mas suas atitudes não serão esquecidas.

Nossa irmã cruza as mãos à frente do corpo.

— Eu não esperaria nada menos.

— Agora, vamos ou não vamos matar a reencarnação maligna de nossa mãe? — digo.

— Como? — Kas pergunta, amarrando os cabelos em um rabo de cavalo, mas nossa irmã vem até ele e, gentilmente, afasta suas mãos.

— Permita-me — ela pede.

Kas hesita por um segundo e, então, cede. Tilly lhe reparte o cabelo no meio e cada metade em três partes, e começa a trançar. Ela amava pentear nossos cabelos quando era criança. Mais de uma vez, ela me forçou a sair desfilando pela corte com uma bagunça de tranças emaranhadas e embaraçadas, implorando por elogios. E, porque ela era uma princesa e eu um príncipe, a corte batia palmas e a paparicava, e Tilly ficava feliz da vida. Para ser honesto, eu gostava de ser a cobaia capilar dela. Agora, não tenho mais cabelos longos para ela trançar e estou com uma invejinha de Kas.

— Com as duas sombras em nosso domínio — pondera Vane —, devemos ser capazes de subjugá-la. Mas, como poderemos matá-la quando, tecnicamente, ela já está morta?

— Primeiro deveríamos encontrar Pan — a Darling intervém. — Estou preocupada com ele.

Se conheço bem Peter Pan, ele não quer ver ninguém agora, muito menos a Darling.

— Melhor darmos um pouco de espaço para ele — digo a ela, que me olha confusa, pronta para discutir. — Se ele quisesse estar aqui, Darling, já estaria. Vamos lhe conceder seu momento de solidão.

Meu argumento tem uma pitada de egoísmo. Não creio que estou pronto para ficar cara a cara com ele quando possuo a única coisa que o definia.

Sobretudo quando não vou devolvê-la. E isso, também, parece uma traição.

Tilly amarra a primeira trança de Kas e começa a fazer a segunda.

— Tenho uma das facas da Terra Perdida — ela diz. — Se conseguirmos subjugar Tink, talvez seja possível matá-la com essa lâmina.

— Vale a pena tentar — digo. — Vocês acham que os fae e os Garotos Perdidos serão liberados de seu controle se ela for morta?

— Esperemos que sim. — A Darling cruza os braços na frente do peito. Ainda está frio, e ela veste apenas uma camiseta grande demais.

— Você precisa se vestir — Vane a empurra de volta para casa.

Tilly termina a segunda trança de Kas, que agora tem os cabelos firmemente trançados, em um penteado perfeito.

— Minha vez — digo a ela.

Tilly observa meu cabelo curto e ondulado.

— Como?

Giro um maço de cabelo no topo da minha cabeça.

— Tenho certeza de que você consegue dar um jeito nisso aqui.

Eu me abaixo para ela conseguir alcançar e a trança leva trinta segundos inteiros para ser feita. Quando Tilly se afasta, Kas e ela começam a gargalhar.

— Não fiquei fabuloso? — pergunto e bato as asas para efeito dramático.

— O fae mais fabuloso da ilha — diz Kas —, seu besta.

Tilly funga.

— Está chorando? — pergunto.

— Sinto muito — ela diz e, então, desmancha-se em lágrimas. — Eu sinto tanto, tanto. Eu estava totalmente sozinha e não sabia mais o que fazer. Pensei que tinha de ser forte e inabalável para a corte, e os brownies me disseram que eu precisava ser firme e... eu fui mais rainha que irmã e, naquele momento, isso nos separou. Desde então, tentei ser rainha quando deveria ter sido irmã.

Aqui e agora ela é apenas uma garotinha, nossa irmãzinha que sempre bateu o pé para os irmãos mais velhos e superprotetores, mas que, agora, precisa desesperadamente de nós.

Kas e eu a abraçamos e ela treme, soluçando em nosso peito.

— Está tudo bem, Tilly Willy — eu a tranquilizo. — Você não está mais sozinha.

Ela assente e limpa as lágrimas.

— Agora vamos — digo. — Vamos secar nossos olhos e matar nossa mãe.

WINNIE

Vane e Bash vasculham a casa da árvore antes de entrarmos.

Os corpos sem vida de vários Garotos Perdidos entulham o chão, mas Tink e seu exército possuído já se foram.

Procuro não olhar para os cadáveres ao ir para o meu quarto. Nunca me importei em fazer amizade com nenhum deles. Os gêmeos me avisaram logo cedo que Garotos Perdidos vêm e vão.

— E às vezes Pan some com eles — Bash acrescentou.

Visto roupas quentes, mas roupas que uma garota possa usar para lutar. Não sou nenhuma guerreira, mas sou Winnie Darling, porra! E não vou deixar Tinker Bell tomar o que é meu.

Só queria que Pan estivesse aqui.

Só de pensar no estado em que o encontraremos quando tudo isso tiver acabado, fico apavorada.

Quando retorno ao loft, vejo que os gêmeos também se trocaram. Estão usando vestes reais azul-marinho, que foram nitidamente feitas para acomodarem suas asas, o que significa que guardaram tais peças esse tempo todo, esperando o dia em que recuperariam as asas.

As ombreiras são reforçadas com placas de metal, e as mangas são revestidas de couro em todo o antebraço.

Eles parecem soldados principescos prontos para a batalha. Exceto pela trancinha minúscula que Bash tem no cabelo. Apesar de ter ficado ridícula, toda espetada, posso ver que ele está feliz com ela. Kas tem duas tranças perfeitas que lhe caem pelos ombros.

Ao lado deles, Vane está todo de preto, um traje que poderia tanto ser rotulado como "príncipe sombrio de outro reino" ou "anti-herói assassino e fodão" do meu mundo. Eu pegaria qualquer versão dele de preto.

Às vezes, fico besta ao constatar o quão surreais todos eles são, e são todos meus. Um dia, quando a Terra do Nunca não estiver mais em guerras constantes, vou levá-los ao meu mundo e desfilar com eles bem na cara das pessoas que iam para a escola comigo. Eu me dava bem com a maioria das meninas do meu bairro, mas, definitivamente, havia algumas que sabiam que eu estava abaixo delas. Elas perderiam a cabeça por Vane e pelos gêmeos.

Quem não perderia?

— Então o plano é... — Bash começa.

— Nós distrairemos Tink enquanto Tilly a esfaqueia — Kas termina.

Tilly puxa a lâmina negra embainhada no cinto de couro em sua cintura.

— Nós realmente achamos que isso vai funcionar? — pergunto. — A lâmina não matou Vane. Ainda bem!

— É, mas o Papai Sombrio aqui — Vane olha feio para Bash — tem a Sombra da Morte da Terra do Nunca. Tink tem... bem, não sabemos ao certo o que ela tem, mas quero acreditar que não é tão indestrutível quanto o Sombrio.

— E se não funcionar? — pergunto.

— Sempre há o plano B, Darling. — Bash me engancha em seus braços e me arrasta para seu lado. Ele dá um beijo no topo da minha cabeça, e suas asas se abrem atrás dele.

Não sei se um dia me acostumarei com isso. Imagine dois caras gostosos. Os gêmeos em sua forma fae natural parecem dois heróis mitológicos saídos de uma pintura a óleo.

Se ao menos Peter Pan estivesse aqui...

Onde ele está?

Meu coração se aperta ao pensar nele. Será que está nos evitando de propósito ou tem algo errado? Será que Tink está com ele?

Vamos lá, Pan. Volte para nós.

Saímos da casa da árvore e descemos a trilha. Considerando que Tink provavelmente quer nos matar tanto quanto nós queremos matá-la, estamos apostando que ela nos encontrará mais cedo ou mais tarde. Seguimos, portanto, rumo ao palácio fae enquanto a neve começa a cair novamente.

Está tão escuro que nem parece que falta pouco para o nascer da aurora.

Quando tudo isso estiver acabado, vou dormir um dia inteiro e fazer os meninos ficarem na cama comigo.

Enfim algo que valerá a pena aguardar.

Cruzamos a ponte do Rio Misterioso. O gelo que se acumulou nas pedras racha sob nossos pés. Há mais gelo ao longo da margem, formando blocos onde a terra se encontra com a água.

Tinker Bell está à nossa espera assim que deixamos a cobertura da floresta e pisamos na bela campina que se estende à frente do palácio das fadas. Ela está voando, vários metros acima do chão, com pelo menos duas dúzias de fae na retaguarda.

E, em terra, um exército duvidoso de Garotos Perdidos e fae sem asas nos encaram.

— Meus filhos voltaram para casa — ela diz, entrelaçando as mãos e espalhando uma chuva de pó de fada. — Mas trouxeram uma Darling e o Sombrio, e nada de Peter Pan? Bem, dos males o menor. Suspeito que o Rei do Nunca foi destronado. Talvez nunca mais o vejamos.

Sinto o estômago revirar. Sei que ela está tentando me desestabilizar e está conseguindo. Bash é o primeiro a falar:

— Nós vamos te pedir educadamente uma vez que dê o fora da ilha. Não queremos lutar contra você.

Tink desce até o chão.

— Não deixarei meus filhos bem quando eles foram restaurados ao poder. Vocês precisarão de mim. Meninos sempre precisam de suas mães.

— O caralho que precisamos — diz Bash.

— Nunca precisamos de você — diz Kas. — Você precisava de nós porque éramos a única conexão que tinha com o trono fae e o poder que ele detinha.

Ela joga a cabeça para trás e dá uma gargalhada. Quando finalmente se recompõe, diz:

— Foi o trono que me trouxe de volta, e agora é o poder do trono que vai destruir vocês. Irônico, não é mesmo? Vocês vão cair na real. Eu prometo.

Ela ergue a mão e, com um floreio dos punhos, despacha a onda de soldados fae e Garotos Perdidos em uma investida contra nós.

Os gêmeos correm para enfrentá-los, literalmente os fatiando sem o menor esforço. Ambos estão em seu elemento, usando as asas para sobrevoar e cercar os oponentes. Queria poder ficar de lado só para observá-los. É como ver uma dança.

Vane me segura bem ao seu lado, o que nos dá a chance de finalmente colocar em uso a Sombra da Morte da Terra do Nunca.

A sombra está ansiando pelo massacre, e sua excitação inunda meu organismo de adrenalina.

Eu nasci para isso.

Vários Garotos Perdidos avançam em nossa direção brandindo adagas.

A sombra se espraia ao nosso redor. É mais uma sensação que um fenômeno visível, exceto pela onda de calor pairando no ar.

Um Garoto Perdido loiro solta um grito de guerra e vem para cima de mim, usando uma faca como arma. Mas não chega nem perto. Ele para, de olhos arregalados, e, então, cai de joelhos, sucumbindo em um misto de sufocamento e terror.

Muito bem, digo à sombra.

Ela mal me dá atenção, pulsando entre Vane e mim enquanto abatemos um fae, então um Garoto Perdido, depois mais um. Pego uma lâmina caída no solo coberto de neve e desfiro um golpe para cima, atingindo uma mulher de cabelos púrpuros. Seu sangue espirra pelos meus braços, empapando meu casaco.

Mais à frente, Kas e Bash estão fechando o cerco contra Tink.

— Depressa, Vane! — grito bem quando um fae de chifres pontiagudos lhe desfere um golpe de adaga. Vane agarra o punho dele e dá um forte puxão que lhe quebra os ossos. O fae urra de dor. O Sombrio joga sua adaga para cima e a agarra pelo cabo, enterrando a lâmina no pescoço do fae.

O sangue pinta seu rosto em borrões.

Vane olha para mim quando o fae solta seu último suspiro gorgolejante e, então, joga o cadáver no chão.

Abrimos caminho em meio aos inimigos para alcançar Tink e os gêmeos no coração da batalha.

Kas se lança contra ela enquanto Bash alça voo para impedi-la de escapar. Com o auxílio da sombra e das asas, os gêmeos conseguem detê-la. Tink, porém, escarnece do esforço dos filhos:

— Sério? Isso é tudo o que vocês têm?

Tilly, então, desce em um voo rasante, empunhando a adaga negra e, sem hesitar, crava a arma no coração da mãe.

Um sangue denso e escuro como óleo começa a vazar da ferida.

Os gêmeos se afastam. Tilly observa, perplexa com o que acabou de fazer.

O brilho dourado de Tink diminui, e ela afunda na neve e na lama, perdendo o ar.

Será que vai ser tão fácil assim?

Todos nós nos entreolhamos, apreensivos, à espera.

Um Garoto Perdido me ataca, e Vane se coloca entre nós, dando um mata-leão no moleque. O som do pescoço sendo quebrado ecoa na campina.

Se Tink está morta, os Garotos Perdidos e os fae não deveriam estar livres de seu controle?

E é nesse momento que Tink abre os olhos e gargalha, uma risada horripilante que dói em meus ouvidos.

Ela coloca-se de pé, arranca a adaga do peito e a arremessa para longe.

— Como se isso pudesse me deter.

27

ROC

O QUE MAIS GOSTO DE FAZER EM LUTAS É ASSISTIR.

Da varanda da casa da árvore, assisto a Peter Pan perdendo sua sombra, os príncipes recuperando suas asas, todo mundo perdendo a cabeça por causa do desaparecimento da Darling e Tinker Bell dando um chilique quando as coisas não saem do jeito que ela queria.

Eis o único momento em que queria ter pipoca em vez de amendoins.

Vane, sangrando, porém respirando, envereda-se por uma trilha, seguindo o rastro de sua Darling. Os gêmeos e Pan vão para o outro lado, até que todos tenham se separado.

Encontro Peter Pan na lagoa, caído na areia.

Quebro a casca de um amendoim e ele se retrai, levantando a cabeça apenas o suficiente para ver que sou eu antes de afundar de novo na areia.

— Está na fossa? — pergunto e jogo um amendoim na boca.

— Não estou de bom humor, Roc.

— Está chorando? — mudo a pergunta.

Ele suspira e enfia o rosto nas mãos, não para esconder as lágrimas, mas para respirar fundo e controlar a irritação com minha presença.

— Não finja que um homem não tem direito a suas lágrimas — ele diz, com a cara ainda enfiada nas mãos.

Eu me sento ao lado dele, com um joelho erguido para apoiar meu braço e continuar comendo meus amendoins.

— Acho justo. Eu também derrubei uma ou duas lágrimas nos meus dias.

Tirando as mãos da cara, ele olha para mim e se arrasta para ficar sentado.

— E quais foram os motivos?

— Estamos partilhando vulnerabilidades, Peter Pan?

Ele pega um cigarro e o acende. Então, ergue os joelhos, apoia os braços sobre eles e solta uma baforada digna de um motor de jato. Parece cansado. Derrotado. Não o culpo. Ele acabou de sacrificar sua sombra por dois merdinhas fae e a boceta de uma Darling.

Não sei se eu teria tomado a mesma decisão.

— Muito bem — digo. — Lágrimas derramadas. Vou te contar três ocasiões. A primeira foi quando era criança e quebrei o braço. Caí de um salgueiro garra-de-dragão e quebrei o braço em dois lugares. Doeu pra caralho. A segunda foi quando comi uma garota que não devia. — Pan me encara incrédulo. Esclareço: — E não do jeito prazeroso.

— E a terceira?

— Quando ouvi o último suspiro de minha irmã.

Ele assente, como se já esperasse a menção desse episódio.

— Vane jamais se perdoará pela perda de Laney. Ela deve ter sido uma garota especial.

Expiro.

— Ela era uma filha da puta que gostava de pegar no nosso pé, seus irmãos mais velhos, porque sabia que faríamos de tudo para protegê-la. Éramos um pouco controladores, admito. — Com o cigarro ainda pendurado entre os dedos, Pan dá outra tragada, o olhar perdido na areia. — E qual motivo o Rei da Terra do Nunca tem para derramar uma ou duas lágrimas?

Eu já sei, é claro, mas gosto de cutucar feridas só para vê-las sangrar.

— Perdi tudo o que sou — ele admite.

— E o que o Rei do Nunca fará agora que não tem nada?

Ele respira fundo.

— No momento, só estou tentando entender o porquê. — Pan indica as águas escuras. Nada de espíritos nadando. Nenhum raiozinho de luz brilhando sequer. — Por que a lagoa traria Tinker Bell de volta, a menos que fosse para me ensinar uma lição?

Duvido que a lagoa tenha ressuscitado a fada só para puni-lo. Pan claramente não sabe que o trono fae foi fabricado pelos Criadores de Mitos, urdido por meio de magia das trevas. E agora eu me pergunto: será que, desde a posse do trono, o reino fae foi envolvido por uma nuvem de azar e escuridão? Nunca saberemos, pois sou o único que sabe que pergunta fazer e também o único que realmente não dá a mínima.

— Acho que a lagoa tentou me avisar — diz Pan. — E eu não estava atento.

Olhar em retrospecto é um jogo de resultado nulo. Você sempre vai sair perdendo e o tempo é o único vencedor. Sempre.

Ele termina o cigarro, joga fora a bituca e a enterra na areia.

— Achei que, depois que eu recuperasse minha sombra, tudo ficaria bem novamente.

— Não! — eu o corrijo. — Você pensou que seria fácil. Pensou que chegaria certo ponto do seu futuro em que não precisaria se preocupar com mais nada. É uma cilada, Peter Pan. Eu já vivi bastante, e uma coisa posso te garantir: não existe um ponto no futuro em que você não terá mais problemas, que não terá mais dúvidas ou conflitos ou que tudo será fácil. Não existe um ponto no futuro em você não sentirá uma dor bem aqui — bato no peito — quando perde alguém que você ama ou é abandonado por essa pessoa. Existem apenas o agora e o que você faz com esse *agora*.

Peter Pan me encara.

— O Devorador de Homens todo filosófico, quem diria… — Ele ri.

Quebro a casca e como mais um amendoim. Ficamos em silêncio por um instante. Os galhos das árvores estalam com a mudança dos ventos.

— Só por curiosidade, o que foi que a lagoa te disse? A lição que você não ouviu.

Ele me estende os dedos e eu lhe dou um amendoim.

— Potters? — ele pergunta.

— O próprio.

— Os amendoins mais famosos — ele brinca.

— E gostosos.

Pan come os amendoins tostados.

— Lembra quando você me jogou na lagoa? Daquela vez que você e o Gancho estavam tentando me matar?

— Oh, sim! Como poderia esquecer?

Pan ri.

— Naquele dia, os espíritos me arrastaram para o fundo e disseram: "Rei da Terra do Nunca, Rei da Terra do Nunca… na escuridão mergulhado, da luz apavorado. Você não pode ter luz sem escuridão".

Que escolha interessante de palavras.

Olho para Pan, o vento bagunçando seus cabelos. Penso que, lá no fundo, o motivo de minha resistência quanto a gostar dele é justamente o fato de ele ter essa aura tão divina. Indestrutível. Indomável. Distante e impenetrável. Um espécime finíssimo.

Em todos os meus anos, entre todas as pessoas que conheci, homens místicos e mulheres poderosas, ricos, famosos, nobres, dissimulados, ninguém, nem um deles sequer, tinha a mais remota ideia de qual era a origem de Peter Pan.

E essa talvez seja a segunda razão que me fez evitar gostar dele. De todos os mitos nas Sete Ilhas, ele é o único que persiste.

Não é possível ter luz sem escuridão. Disso eu tenho certeza. Mas pouquíssimos estão dispostos a se afundarem completamente nas trevas. Dispostos a se destruírem na descida para que possam voltar à superfície transformados.

Eu fico de pé.

— Siga-me. — Vou em direção à lagoa, tirando minhas botas, então minhas calças. Pan hesita, mas vem comigo, e entramos na água juntos, até o quadril. — Você confia em mim?

A expressão de Pan está inabalada quando me responde:

— Absolutamente não.

— Deixe-me reformular. Você acredita que sei coisas que a maioria dos homens não sabe?

— Acho que sim.

— Tenho uma teoria sobre a mensagem da lagoa. Quer ouvir?

Ele passa a língua pelos dentes enquanto considera minha oferta.

— Um homem que nada tem não tem nada a perder.

— Está bem — ele resmunga. — Vamos ouvir então.

Não está mais nevando, mas o ar ainda está frio, o céu ainda nublado. O fundo arenoso da lagoa, gelado sob meus pés.

— Então, é mais ou menos assim… — digo e pulo em cima de Peter Pan.

Um homem que perdeu tudo não pode lutar contra uma besta que tem pelo menos metade a mais que nada.

Seguro Pan com força e o empurro para baixo d'água. Ele não é mais forte que eu. Não quando está sem sua sombra e a derrota já corre por suas veias, espalhando-se como uma infecção.

Ele se debate, agitando as águas ao nosso redor. Então, afunda as unhas na minha carne enquanto tenta escapar desesperadamente.

Não perco por nada seu último momento de vida, quando crava o olhar em mim através da espuma das águas, abre a boca já sem ar e seu corpo inteiro estremece em um último espasmo.

Em uma escala de um a dez, eu lhe dou um três pelo esforço.

Só para garantir, continuo o afogando por mais um bom minuto. Praticamente consigo ouvir os segundos correndo.

Tique-taque, tique-taque.

E, quando o solto, Pan não emerge à superfície. Em vez disso, ele afunda.

Para o fundo.

Bem para o fundo.

Para o fundo ele vai.

Até ser engolido pela escuridão.

Ainda é só uma teoria. Os segundos, porém, transformam-se em minutos, abalando a credibilidade da teoria.

Retorno para a margem e me visto. Dou uma bela sacudida em meu casaco e o coloco, sempre fazendo uma boquinha.

Quanto mais tempo passa, menos confiança tenho. Mas, na boa, se Peter Pan morrer, eu saio ganhando. Se ele sobreviver, ficará grato por minha ajuda, e eu também saio ganhando.

Vejo o tronco grosso de uma árvore que caiu na beira do bosque, perfeitamente alojado entre a areia e o musgo.

Acomodo-me confortavelmente, amendoins em mão, e aguardo.

28

BALDER

Outrora

O LOBO OBSERVA ENQUANTO A MÃE CRUZA A PRAIA COM UMA enorme folha em uma das mãos e um bebê choroso na outra. É um menino problemático, inquieto e difícil de agradar.

Ela sente o atrito da areia fria sob seus pés ao caminhar até a beira d'água.

A lagoa ganha vida com um brilho de luz iridescente, como se estivesse lhe dando as boas-vindas.

A Mãe sorri, primeiro para as águas, depois olha para cima e sorri para o céu escuro e as pequenas centelhas de luz que o salpicam.

O bebê grita. A Mãe olha feio para ele.

Ela coloca a folha na superfície da água e, então, deita o bebê sobre ela. A folha afunda com o peso, e o bebê chora mais alto conforme a água começa a subir.

— Sinto muito — ela lhe diz e, então, dá um empurrãozinho. As águas o levam embora e ela aguarda, observando, até que finalmente fala: — Posso te ouvir respirando, irmão.

O lobo se ergue sobre as quatro patas e trota para fora da vegetação rasteira.

A Mãe ainda observa o garotinho, os espíritos da lagoa voando em círculos ao redor dele, até que seu choro se transforme em risada.

— Estou cometendo um erro? — a Mãe pergunta ao lobo.

O lobo não tem palavras para confrontar as dela, mas pode conversar com sua mente.

Você não pode salvar um e sacrificar todos os outros.

Ela concorda, abraçando o próprio ventre. Está vestindo uma túnica de um tecido mais fino que seda. Ela brilha ao menor movimento da luz. A folha vira mais uma vez, e o bebê levanta os bracinhos, tentando alcançar as estrelas.

— Eu queria lhe dar um lar — diz a Mãe.

Ele terá um algum dia.

— Não se deixar o próprio ego em seu caminho.

O lobo ri.

A lagoa fica agitada. A folha balança. A Mãe respira fundo.

E, então, o bebê rola e afunda sob a superfície.

— Não! — a Mãe grita e corre de volta para a lagoa, mas o lobo a detém, abocanhando a barra de seu vestido. — Tenho de salvá-lo! Eu devia saber. Ele precisa de sua Mãe. Ele vai se afogar se...

Aguarde, diz o lobo. *A lagoa vai lhe dar o que ele precisa.*

Um garoto irrompe da superfície das águas em busca de ar.

A Mãe e o lobo correm para a floresta, encontrando abrigo entre as sombras enquanto o garoto nada para a margem. Ele envelheceu vários anos em questão de segundos.

Um suspiro fica preso na garganta da Mãe.

— Ele é lindo — ela sussurra.

Como a Mãe dele, diz o lobo.

O menino olha ao redor, até se deter no local onde eles estão na floresta, e os dois somem de vista.

— É melhor eu ir — diz a Mãe. — Se ele me vir, receio que jamais conseguiria deixá-lo. — Ela abraça o pescoço do lobo. — Tome conta dele para mim, irmão?

Farei o que puder, o lobo responde.

— Você olhará por ele aqui em terra — ela diz. — E eu olharei lá de cima.

O lobo aquiesce, e a Mãe voa de volta para seu lugar no céu.

É fácil avistá-la; basta olhar para cima.

Ela é a estrela mais brilhante na escuridão. A segunda estrela à direita.

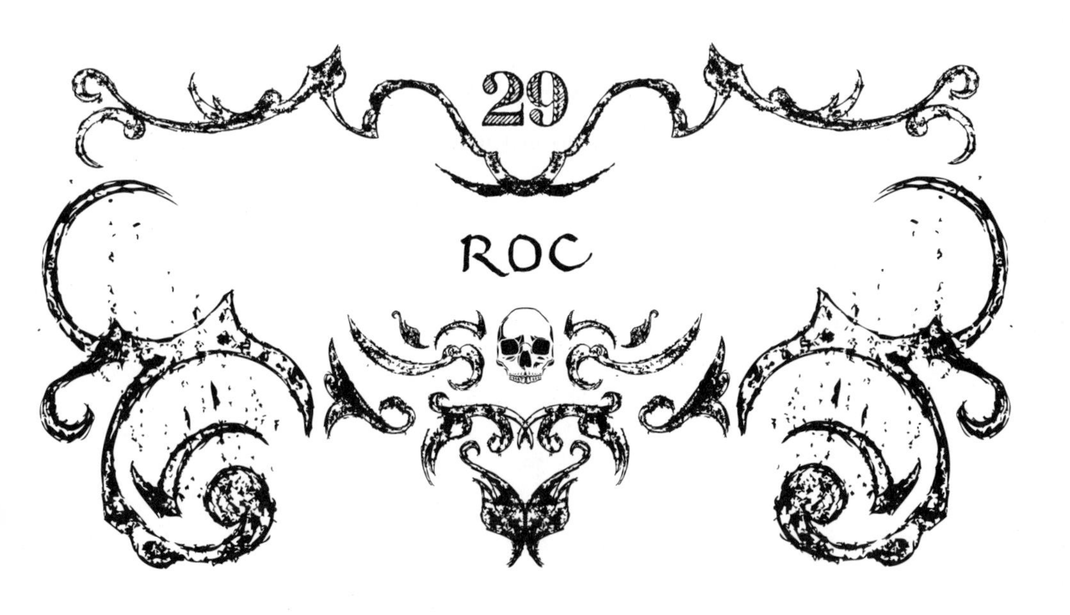

29

ROC

NÃO SEI HÁ QUANTO TEMPO ESPERO. MAIS TEMPO DO QUE imaginei.

E então...

Uma faísca de luz cintila no centro da lagoa, bem lá no fundo.

Eu me levanto, espano a areia da bunda e vou até a beira da água. A luz pulsa como um coração batendo.

Tum-tum, tum-tum, tum-tum. Eu praticamente posso ouvir o zunido elétrico no silêncio.

— Muito bem, vá em frente, Peter Pan — resmungo. — Não precisa fazer um showzinho.

Tum-tum, tum-tum, tum-tum.

Os pelos da minha nuca ficam eriçados.

Uma explosão de luz. Levanto o braço, usando-o como escudo, conforme a lagoa se revolta.

A água arrebenta nas margens.

Recuo à medida que a luz preenche a escuridão, com uma nebulosa pulsante em seu centro.

Um gêiser começa a jorrar, e Peter Pan irrompe, brilhando como uma estrela, disparando como uma flecha de fogo através das nuvens.

Pelo jeito, Peter Pan ainda pode voar.

Suspeito que deuses não precisam de sombras para subirem aos céus.

30

PETER PAN

EU MORRIA DE MEDO DA NOITE QUANDO ERA MENINO NA Terra do Nunca, dos lobos uivantes e das grandes sombras que parecem ainda maiores na floresta. A sombra me ajudou a encarar as noites.

Então encontrei Tink e seu brilho dourado bania as trevas. Não tive mais medo.

Depois, quando perdi minha sombra, morria de medo do dia. Do calor ardente do Sol e do poder tirado de mim, o buraco oco cavado em meu interior.

Sempre houve algo. Algo para fazer eu me sentir fraco e uma muleta para eu me apoiar, para fazer eu não me sentir tão pequeno.

Agora sei.

A lagoa me deu a Sombra da Terra do Nunca porque eu precisava dela.

Precisava dessa muleta até que soubesse andar por conta própria.

As memórias de Balder ainda estão vívidas em minha cabeça. A lembrança de dois deuses na areia da lagoa, observando os espíritos da água me levando para baixo.

Eu deveria estar morto. Tantas e tantas vezes.

E, no entanto, aqui estou, explodindo, raiando vida.

Na escuridão mergulhado, da luz apavorado.

Sempre tão apavorado e procurando alguém ou algo que fizesse eu não me sentir tão pequeno.

Até agora.

Atravesso as nuvens, uma única missão me guiando.

Não tenho a sombra, mas estou voando.

A cobertura de nuvens desapareceu, e as estrelas brilham no céu noturno.

À distância, ouço os gritos, a luta, o tinido de metal contra metal e as vozes da família que eu escolhi. Aquela que nunca me abandonou, nunca me trocou por outro e nunca me trairia.

Estou indo, penso para eles, e sei que eles podem me ouvir.

De algum modo, através de luz e sombra, agora estamos todos conectados.

E ninguém, nem mesmo Tinker Bell, pode nos deter.

ESTAMOS PERDENDO.

E Tinker Bell está radiante de alegria.

Tenho um corte profundo no torso, o sangue encharcando minhas roupas. Vane está quase me pegando no colo e me levando embora, posso sentir. Mas ainda não terminamos. Não pode acabar assim.

Uma fada tenta me acertar com um cajado de madeira, e eu desvio bem a tempo, mas ela me golpeia por trás, e meu esqueleto inteiro vibra com um choque intenso e doloroso, irradiando-se por minhas costelas, descendo por minhas pernas.

Meus olhos ardem com as lágrimas.

A sombra se avoluma em torno de mim, o ar ondulando como ondas no oceano. A fada para, puxando o ar como se estivesse engasgando. Eu a esfaqueio. Corto. Golpeio. Sinto o gosto acobreado do sangue dela em minha língua.

Por quanto tempo ainda aguentamos?

Como podemos derrotar Tinker Bell se nem mesmo a lendária lâmina da ilha é capaz de matá-la?

Kas derruba outro fae, então ele e Bash se juntam costas com costas, girando, mas os fae e os Garotos Perdidos ficam atônitos, e um burburinho percorre a multidão.

Eles olham para o céu.

Sigo a direção de seus olhares e vejo um orbe de luz no céu noturno. Juro que posso ouvir uma voz dizendo... *Estou chegando.*

— O que é isso? — Bash pergunta, ofegante.

A luz viaja tão depressa, seu som corta o ar como a turbina de um jato. Ela se aproxima cada vez mais.

Os fae gritam, alarmados.

Avisto Tinker Bell no meio da multidão, boquiaberta e de olhos arregalados.

Não é ela quem está fazendo isso.

É obra de outro alguém.

O raio de luz dispara ao longo do prado e acerta Tink em cheio, e ambos voam para trás acertando o chão com um barulho trovejante, abrindo uma cratera no solo.

— Puta merda! — Kas exclama.

— O que está acontecendo, caralho? — diz Bash.

— Pan! — Eu perco o ar.

Peter Pan brilha como uma estrela.

Vane e eu nos entreolhamos. E olhamos para os gêmeos do outro lado da clareira.

Posso sentir Pan como um raio de sol quente em minha pele, por mais que esteja escuro e a noite esteja fria. Ele mudou. Algo nele mudou.

Mas não há tempo para desvendar segredos.

Precisamos agir. *Agora.*

Tink fica de pé. Uma de suas asas está pendurada toda torta em suas costas e a outra foi completamente arrancada.

— O que você fez, Peter Pan? — ela pergunta.

— Encontrei minha própria luz — ele lhe diz.

Ela se desvia. Ele investe pela lateral, Tink desvia mais uma vez, com a faca em mãos. Pan agarra seu braço e arranca a lâmina de sua mão, segurando firmemente a pedra preta. Quando ele cerra o punho, a pedra derrete como tinta.

— Segurem-na! — Pan ordena, e todos nós corremos até ela. Bash agarra um braço de Tinker Bell e Kas agarra o outro. Vane e eu a circulamos, projetando nossa sombra contra ela, tirando o ar de seus pulmões.

— Não! — ela grita, debatendo-se contra os gêmeos.

Pan agarra o rosto de Tink entre as mãos reluzentes. A luz cegante se espalha pelo campo. É tão brilhante que meus olhos doem.

— Não! — Tink berra mais uma vez.

A luz e o calor pulsam como um inferno. As trevas começam a sair do corpo da fada, rodopiando na luz. Filetes de qualquer que seja a magia obscura que a ressuscitou, tentando uma última vez manter suas garras neste mundo.

— Adeus, Tink — diz Pan.

Ela joga a cabeça para trás, com o rosto virado para as estrelas, e grita.

— [illegible]

Ela se detém. [illegible] Fink desvia [illegible] para outra face [illegible]. Passa a segurar o [illegible] de [illegible] negra preta. Quando [illegible] cerca [illegible].

[illegible] punhal. [illegible] braço, [illegible] Fink [illegible] o punho [illegible] projetando-se [illegible] tocando o [illegible].

[illegible]

[illegible] de Fink [illegible] enquanto se espalha pelo corpo [illegible] brilhante que [illegible].

— Não! — Fink bebe pela última vez.

A forma dele [illegible] como um inferno. As trevas começam [illegible] do corpo de [illegible] transparente [illegible] [illegible] tornando uma vez maior suas garras [illegible].

— Adeus, Fink. — diz Ela.

Ela joga a cabeça para trás com o rosto virado para as [illegible].

32

BASH

A luz e o calor que emanam de Peter Pan são tão poderosos que queimam a pele.

Kas e eu nos seguramos à nossa mãe enquanto as trevas que a ressuscitaram emanam violentamente de seu corpo em fluidos escuros e pestilentos.

— Não a solte! — Kas grita por cima do barulho infernal.

Trevas e luz giram ao nosso redor. Bato minhas asas freneticamente, procurando contrabalançar a força suprema que emana de Peter Pan.

Mal consigo olhar para ele. A luz é tão brilhante, tão intensa, que acho que ficarei sem conseguir enxergar por uma semana.

Tink grita, sua pele se rachando como um solo castigado pela seca, as trevas vazando pelas fendas.

Isso nunca foi minha mãe. Somente uma versão pior.

Uma versão que personifica tudo o que eu mais odiava em Tink: a sede insaciável de poder, que a fazia passar por cima de tudo e todos.

Pan cerra os dentes, e a luz emanando de seu corpo pulsa, borbulhando, até que começa a jorrar, literalmente, da boca de Tink.

E, então, ela se desintegra em nossas mãos, explodindo em uma nuvem espessa de pó de fada.

A luz se interrompe subitamente, e Pan cambaleia para trás, com a respiração pesada, o suor brilhando em sua testa.

Os fae e os Garotos Perdidos despertam de seu estupor e olham ao redor como se estivessem tentando entender como chegaram até ali.

Vane e a Darling se aproximam.

— Você teve um *upgrade*? — pergunto a Pan.

Ele ainda tenta recuperar o fôlego e seu peito sobe e desce visivelmente, mas, mesmo assim, ele fala com um sorrisinho convencido:

— Algo do tipo.

A Darling corre e se joga em seus braços, agarrando-o pela cintura e desmanchando-se em soluços.

— Eu estava tão preocupada com você.

Ele a abraça, uma das mãos enfiadas nos cabelos embaraçados e ensanguentados dela.

— Eu estou bem, Darling.

— O que aconteceu? — ela pergunta.

— Mais tarde eu te conto tudo.

E, então, ele se inclina e lhe sussurra algo no ouvido que a faz rir e corar.

Tilly vem ao nosso encontro. Ela está toda suja de sangue, assim como o restante de nós. Desta vez, a rainha fae não fugiu à luta.

— Posso falar com vocês? — ela pergunta para Kas e para mim.

Nós nos afastamos dos demais. Os fae e os Garotos Perdidos ainda estão tentando entender que porra é essa que está acontecendo ou, pelo menos, por que alguns de seus amigos jazem mortos aos seus pés.

Suspeito que não é de hoje que a corte fae é um tanto quanto disfuncional. Posso jurar que sempre houve alguma mácula ao longo de todos os reinados, mas, desta vez, Tink realmente ferrou com tudo.

— Obrigada — Tilly nos agradece, engolindo em seco e limpando o sangue nas costas de sua mão com a manga do vestido. — Mais uma vez, vocês limparam minha bagunça. Como nos velhos tempos.

Kas e eu a puxamos para um abraço.

— Nós sempre vamos te proteger, Til — eu digo, mas percebo a rigidez no corpo de Kas. Meu gêmeo jamais vai conseguir deixar completamente para trás tudo o que aconteceu, e não sei se eu também vou.

Mas como é que podemos simplesmente seguir em frente?

— Tilly — diz Kas, desvencilhando-se do abraço. — Nós nos recusamos a ir embora da corte agora.

Ela concorda e limpa as lágrimas do rosto, então respira fundo:

— Eu sei. Sou eu que vou embora.

— Peraí, como assim? — pergunto.

— Vivi a minha vida inteira fazendo o que pensei que todos queriam que eu fizesse. É hora de viver do meu jeito. Longe da Terra do Nunca.

— Não seja ridícula! — Cutuco o ombro do meu irmão. — Fala para ela. Ela deveria ficar, acharemos um lugar para Til e...

Kas, no entanto, meneia a cabeça.

— Não há lugar para ela aqui.

Tilly consegue conter o soluço antes que ele escape. Uma coisa é pensar em algo, outra bem diferente é ouvir alguém que você ama dizê-la em voz alta.

Ela concorda sem pestanejar, engolindo as lágrimas.

— Kas — digo.

— Não, ele está certo. — Ela respira fundo. — Não há lugar para mim na Terra do Nunca. É hora de vocês dois assumirem o trono, como deveriam ter feito desde o início. Vocês viveram um inferno. Merecem cada centelha de poder que têm. Anunciarei à corte que estou abdicando e passando o trono a vocês. Eles não tentarão me impedir. Não agora que vocês salvaram os fae dos meus erros e reivindicaram a Sombra da Terra do Nunca.

Isso é tudo o que eu sempre quis. Kas também. Mas é difícil aceitar à custa da nossa irmã.

— Se você tem certeza… — digo.

— Eu tenho. — Tilly nos abraça mais uma vez e nos dá seu adeus. — Se algum dia eu encontrar um lugar que possa chamar de lar, escreverei convidando vocês para um jantar ou algo realmente mundano, do jeito que uma família deve ser.

— Eu vou adorar. — Dou um tapa em Kas. — Nós vamos adorar, não vamos?

— Hunf. Sim, claro.

— Até lá, então — ela diz e morde o lábio inferior, sorrindo para nós uma última vez antes de sair andando em direção ao palácio.

33 PETER PAN

POSSO SENTIR OS OLHARES SOBRE MIM, AS INDAGAÇÕES.

Normalmente, não sou eu que cuido da carnificina após uma luta, mas preciso manter minhas mãos ocupadas.

O poder ainda pulsa dentro de mim, mas, lá no fundo, pairando no horizonte, está o luto.

Tenho de ser paciente para elaborar tudo isso, mas, agora, limpar é melhor que pensar. Vane aparece ao meu lado conforme eu arrasto o cadáver de um Garoto Perdido para a carroça que alguém chamou.

— O que aconteceu? — ele me pergunta.

A vários metros de distância, a Darling e Bash nos observam, cochichando entre si.

Tento não prestar atenção neles e, em vez disso, concentrar-me no ar em meus pulmões e no sussurro da aurora iminente.

Sempre me perguntei por que não podia sair à luz do dia quando perdi minha sombra. Pelo que sabia, ninguém mais teve esse problema. Se perdiam a sombra, simplesmente voltavam a ser quem eram. Não havia qualquer sequela.

Agora eu sei.

Em um sentido metafórico, estrelas só existem à noite.

O que significa que, quando o sol nascer, terei de ir para o subsolo mais uma vez.

Estou conformado com isso agora.

Na verdade, estou até ansioso.

Todas as melhores coisas acontecem no escuro, contanto que haja luz para contrabalançar as trevas.

— Não sei se você acreditaria se eu te contasse — digo a Vane.

— Tente.

Jogo o cadáver do Garoto Perdido por cima da lateral da carroça. Mais um na pilha.

— Seu irmão me ajudou a compreender algumas coisas.

Vane ri, mas de boca fechada, então faz barulho pelo nariz.

— Ah, não mente para mim, porra.

— Não estou mentindo.

— Roc te ajudou? Meu irmão? O Crocodilo?

— Sim, esse mesmo. Você tem outros irmãos sobre os quais não me contou?

Escuto-o bufando enquanto me viro para pegar outro corpo.

— O que ele fez?

— Ele me ajudou a ver quem realmente sou.

— Um orbe brilhante de luz? Algum tipo raro de fae?

Paro o que estou fazendo para encarar Vane. Sei que posso confiar nele com todos os meus segredos. Mas como posso resumir tudo isso? Como posso sequer colocar em palavras?

Encontro os olhos da Darling através do prado.

Quando ela chegou ao solo da Terra do Nunca, eu imediatamente amoleci com ela. Mas não quis admitir. Ela foi água que penetrou em minhas reentrâncias.

— Sou um homem melhor por causa dela. — Volto minha atenção a Vane. Ele está me analisando.

— Todos nós somos — ele admite.

Eu concordo e lhe dou um tapinha no ombro:

— Também sou um homem melhor por sua causa.

— Cale a boca — ele diz.

— É sério. Não rejeite meu amor, Vane. Aceita que dói menos.

Ele contrai a mandíbula e finalmente anui.

— Eu também te amo, seu cuzão.

Do outro lado da campina, leio os lábios da Darling dizendo:

Eu amo vocês mais.

Bash faz um coração com os dedos.

Eu amo vocês mais e mais.

Dou risada e retomo o trabalho sujo.

Não é possível mensurar amor, mas, se fosse, sei que estaria repleto.

Duas semanas depois.

VIRO O TELESCÓPIO NO TRIPÉ E O METAL VELHO RANGE. Espiando pela lente, digo a Pan:

— Você ainda não lubrificou essa coisa.

— Eu estava ocupado, Darling.

Dou uma risadinha sarcástica e olho pelo telescópio mais uma vez, procurando no céu noturno.

E ali, finalmente.

A segunda estrela à direita cintila. O incrível Peter Pan foi gerado por uma deusa estelar, abandonado na Terra do Nunca na forma de um bebê porque era muito volátil, apenas para a lagoa lhe conceder a sombra, a fim de que sua verdadeira natureza pudesse ser subjugada.

Ou, pelo menos, essa é a minha teoria. Pan tem sido avarento com detalhes. Quando lhe perguntei se ele era um deus, simplesmente me pegou no colo, me carregou para a cama e me comeu até eu esquecer a pergunta.

Bash e eu já estamos há um tempão aqui no antigo quarto de Pan, vasculhando o céu noturno com o telescópio, tentando avistar algum deus ou deusa, mas só vemos estrelas. Não nos impede de continuar procurando, no entanto. Acho que ele e eu estamos com o fascínio por Peter Pan renovado enquanto Pan tenta nos ignorar como se fôssemos crianças irritantes tentando convencê-lo a revelar seus truques de mágica.

— Venham para cá — Pan ordena. — Já está tarde e teremos um grande dia amanhã.

Há cinco copos enfileirados sobre o balcão, e Bash nos serve os drinques.

Amanhã será a coroação oficial dos príncipes fae, e, finalmente, eles se tornarão reis. Tilly levou alguns dias para convencer a corte a aceitar sua abdicação ao trono e os gêmeos de volta ao clã. Mas também seria difícil rejeitá-los, agora que os dois possuem a Sombra da Vida da Terra do Nunca.

Se teve uma coisa boa que Tink fez foi me raptar e forçar Pan a sacrificar a sombra pelos gêmeos.

Tilly se foi. Zarpou em um dos navios reais rumo a ilhas desconhecidas.

Salto da beira da plataforma onde estou, a sombra atenua minha queda e pouso com suavidade. Bash me oferece um copo. Os rapazes pegam os seus e todos nós os erguemos em um brinde:

— Aos príncipes fae virando reis! — diz Pan.

— Aos príncipes fae! — todos nós dizemos em uníssono.

Os gêmeos abrem as asas, banhando a sala com uma luz iridescente.

O álcool esquenta minha barriga e imediatamente me sobe à cabeça.

Ainda estamos tentando descobrir como reunificar a Terra do Nunca, mas, pela primeira vez, sinto que estamos todos no mesmo barco pelas razões certas, todos, enfim, em pé de igualdade.

E não precisamos ter todas as respostas agora.

Bash deixa seu copo de lado e vem até mim, passando o braço por meus ombros.

— Você será nossa nova rainha, Darling?

Reviro os olhos. Ele tem me feito essa pergunta desde o dia em que derrotamos Tinker Bell.

— Duvido que os fae me aceitarão — dou a mesma resposta que dei todas as outras vezes.

— Os fae não terão escolha — Kas intervém.

— Além disso — Bash acrescenta —, você é Winnie Darling, porra! Claro que será rainha.

A sombra se agita em minhas entranhas. Ela gosta do som de "rainha".

Pego Vane me olhando com aquela cara de sabichão. Ele dá um sorrisinho ao tomar mais um gole de seu copo.

— Pare com isso! — digo a ele.

— Parar o quê?

— De usar a sombra para saber o que estou pensando.

— Ohhh... — Bash fica todo animado, pronto para devorar segredos. — Conta pra gente o que ela está pensando.

— Ela gosta da ideia de ser rainha.

— Ei!

Vane sorri. Pan dá risada.

— Mas é claro que ela gosta. Nossa querida Winnie Vagaba já vive mandando na gente. Por que não em toda a Terra do Nunca?

— Como se algum dia eu tivesse mandado em você, Peter Pan.

Ele toma um gole de sua bebida e:

— Muito bem, então vamos tentar. Mande em mim, Darling.

— Fique de joelhos diante de mim.

Atrás de mim, os garotos soltam um *ooohhh*. Vane dá uma risada.

Pan vira o resto de seu drinque e coloca o copo de lado, o tempo todo sem desviar os olhos de mim. E, então, ele se abaixa, até ficar de joelhos à minha frente.

— Pare com isso — digo, mas estou rindo.

Os gêmeos rapidamente o imitam, Bash primeiro e depois Kas, com as asas farfalhando em suas costas.

Então, travo meu olhar com o de Vane. Ele ainda está segurando o copo. Se algum deles vai mandar eu me ferrar...

Vane gira o líquido em seu copo, toma o último gole do licor e o coloca na mesa. Vem até mim, pega minha mão e fica de joelhos. Então, dá um beijo recatado em meus dedos e diz:

— Às ordens da Rainha.

Observo esses quatro homens no quarto, de joelhos diante de mim. Eu os amo. Amo cada um deles do meu jeito, e eles me amam de volta.

Meus homens pervertidos.

Todos eles, *meus*.

EPÍLOGO

ROC

O SOL INUNDA A SALA DE ESTAR A BOMBORDO DO NAVIO COM seus raios poentes. Não é o mesmo navio em que cheguei, mas é da frota de uma família real, e é só isso que me importa.

A criada me traz mais uma porção de amendoins torrados e os coloca na mesinha ao meu lado.

— Algo mais, senhor?

Em breve, precisarei de sangue, de acordo com meu novo relógio de bolso, mas ainda posso esperar.

— Por ora, isso é tudo… — Faço uma pausa para que ela possa me dizer seu nome.

A garota ruboriza, colocando as mãos para trás ao me responder.

— Miera.

— Belo nome. Posso requisitar especificamente seus serviços se precisar de algo?

— Mas é claro.

— Deixe minhas criadas em paz. — A voz ecoa da varanda a bombordo.

Dispenso a criada com um aceno de mão, e ela se retira sem demora.

Pego um punhado de amendoins e vou lá fora, até onde a antiga rainha fae está diante da balaustrada. O crepúsculo a tingiu de dourado, e ela está de olhos fechados, apreciando a brisa que brinca com uma mecha dos cabelos negros que escapou da longa trança que desce por cima de seu ombro.

— Pare de me encarar — ela diz sem abrir os olhos.

— Não consigo. Estou adorando essa sua expressão de mais puro êxtase.

— Não vou dormir com você, Roc.

— Como se eu tivesse oferecido, tolinha.

Ela me espia de fininho e então ri. É a terceira vez que escuto o som de seu riso. Tilly está mais relaxada a bordo do navio, navegando rumo ao desconhecido. E, por mais que eu não lhe tenha oferecido meus favores sexuais, acho que ela precisa desesperadamente liberar um pouco de energia reprimida.

— Quanto tempo para chegarmos à Terra do Sempre? — ela indaga.

— Você pode fazer tais perguntas tediosas ao capitão no prumo do navio.

Tilly apoia o quadril na balaustrada e cruza os braços.

— Será que preciso te lembrar que estamos no meu navio? Posso te fazer andar na prancha por sua insolência.

— E, então, quem te manteria entretida?

A ex-rainha revira os olhos.

Abro um amendoim e jogo a casca na espuma das vagas bem abaixo de nós.

— Amanhã, a esta hora, deveremos ter chegado.

— Está animado?

Animado? Não sei. É fato que gosto de caçar coisas perdidas, mas estou um pouco receoso do que pode ter restado de Wendy Darling.

— Ficarei animado assim que você colocar seus dons em prática e cavoucar na cabeça de alguém para achar as respostas que quero.

Este é nosso acordo, que ela me prometeu como pagamento por ter me enfiado na guerra da Terra do Nunca, para começo de conversa.

— E quanto ao Capitão Gancho? — ela pergunta.

— O que tem ele? — Abocanho um amendoim.

— Está animado para vê-lo também?

Bufo com desdém e abro outro amendoim, mas não respondo à pergunta. Não posso.

Porque há algo me incomodando mais que qualquer outra coisa: estou animado para reencontrar Wendy, sim, mas há outra pessoa que estou ainda mais animado para rever.

Um pirata com uma boca safada e uma atitude que eu estou doidinho para quebrar.

Vou te pegar, capitão.

Espero que esteja pronto para ser devorado por um Crocodilo.

AGRADECIMENTOS

ESTA SÉRIE NÃO TERIA SIDO POSSÍVEL SEM A AJUDA DE VÁRIOS leitores.

Creio que todos podemos concordar que a maneira como os povos nativos foram retratados na obra original é bastante problemática. Quando me propus a recontar a história de Peter Pan, era importante, para mim, manter a presença dos nativos na ilha, mas era crucial fazê-lo da maneira correta.

Tenho de agradecer à sensibilidade de diversos leitores que me ajudaram a retratar os gêmeos e a história de seus familiares na série *Vicious Lost Boys* de um modo preciso e respeitoso para com as culturas nativas, mesmo que os gêmeos residam em um mundo de fantasia. Isso foi muito importante, sobretudo neste quarto livro, em que conhecemos melhor os fae e mergulhamos no passado dos gêmeos.

Quero agradecer imensamente a Cassandra Hinojosa, DeLane Chapman, Kylee Hoffman e Holly Senn, por compartilharem incansavelmente suas impressões, seus conselhos e seus pontos de vista. O auxílio de vocês foi e continua sendo extremamente útil, e eu lhes sou muito grata.

Também gostaria de agradecer a Brianna, por sua inestimável contribuição e orientação na representação da personagem Samira — "Smee" — em *A rainha da Terra do Nunca*. Obrigada, Bri, por seu tempo, sua energia e suas devolutivas!

Quaisquer erros ou imprecisões remanescentes neste livro cabem inteiramente a mim.

AGRADECIMENTOS